すきだらけのビストロ

Le bistro plein d'amour

うつくしき一皿

冬森 灯

ポプラ社

すきだらけのビストロ

うつくしき一皿

冬森 灯

ポプラ社

Menu

装丁　bookwall
装画　いとうあつき

すきだらけのビストロ　うつくしき一皿

ビストロの朝食

～おいしいパンとよい酒があれば～

まだ暗い部屋に、トイピアノの音が響きわたった。

どこか気の抜けるようなその音は、有悟《ゆうご》が設定した、仕事用電話の着信音だ。

手探りで電話を探すが、手の届く範囲にはないらしい。薄目で壁掛け時計に目をやり、思わず二度見した。

午前五時？　予約の電話にしては早すぎる。少なくとも常識的な時間じゃない。

床には夏の終わりの朝日がこぼれ落ちていた。窓の外からは賑やかな物音が聞こえる。モー、モーとのどかな牛の鳴き声、金属がぶつかるカチャカチャした音、遠くに響くひとの話し声。

牧場の朝は、どうやらもうとっくにはじまっているらしい。

軽く咳払いして声を整えてから、ようやく見つけた電話の通話ボタンを押す。

「お待たせいたしました。ビストロつくしです」

僕はまだ寝ぼけているのかもしれない。

電話の向こうからも、モー、モーと、牛のような声が聞こえた。


話しているのは、男の声だ。

たぶん僕と同じか少し上の年頃、三、四十代といったところだろう。牛の声のシンクロに困惑したせいか、早口にまくし立てているのが日本語じゃないと気づくまで、一分ほどを要した。国際電話ならば、こんな時間なのも頷《うなず》ける。そうとわかると、時折聞こえるゴー、ゴーという音の前に、小さなユの音が聞き取れた。有悟？　とたずねているのだろう。

言葉とは不思議だ。自分がいつも認識している音や形と少し違うだけで、わからなくなるものらしい。

有悟がいるはずの、隣のベッドはもぬけの殻だった。

タオルケットと毛布は起きた形にめくれあがったまま、バスルームにも姿はなく、牧場の宿舎には他に居場所もない。ベッドの上を跳ねるように移動してカーテンを開けると、行列をなして移動する牛の向こうに、有悟の丸い背中が見えた。

電話の相手に待ってくれ、と片言《かたこと》の英語で言ってみたが、一向に伝わらない。相手はいっそう熱心に話し出し、抑揚《よくよう》の強い言葉が、まるで音楽のように耳に響く。歌うみたいに聞こえるせいか、声に感情がそのまま溶け込んで、耳から心にまで沁みてくるようだった。感じる憂いや哀しさが勝手な憶測《おくそく》なのか正しいのかもわからないが、伝わってくる切実さに、有悟に早くつながなくてはと焦る。

たびたび繰り返されるモーモーという音が、牛たちの歩みに重なる。

ほんの数分のやりとりで、互いに言葉が通じないとわかったはずなのに、相手は歩み寄ることもせずに、容赦《ようしゃ》なくあちらの言葉でまくし立ててくる。対処に困り、こちらも日本語で、あとで、と大きく言うと、ぴたりと黙った。

気持ちを込めれば、言葉を超えて伝わるものがあるのかもしれない。

そんなところに感心しながら、僕は手早くシャツを羽織って、有悟を追いかけた。

有悟は牛舎にいた。

その一角では、いままさに、仔牛が生まれようとしていた。牧場主の菅江《すがえ》さん、息子の文広《ふみひろ》さん、その奥さんの穂波《ほなみ》さんが、緊張した面持ちで介助している。

その張り詰めた空気の中にひとり、場違いなのがいる。背中を丸めて柵に頬杖《ほおづえ》をつく白シャツのずんぐりむっくりした後ろ姿は、動物園で飼い慣らされたシロクマのようだ。

国際電話だと告げて電話を渡すと、眠たげな瞳で僕を見あげ、ボンジュー？　と語尾に疑問符をつけたような話し方で、のっそり牛舎を出て行った。

「颯真《そうま》くん、出産に立ち会うの、はじめて？　今日はちょっと大変な子なの」

穂波さんが、マットのようなものを手に、近寄ってきた。菅江さんが、母牛の苦しそうな息遣いに合わせて、牛の体に付けた器具のようなものを動かす。

「あれは助産器《じょさんき》。逆子だから、酪農家《らくのうか》が手伝うの」

赤ちゃんの体はもう半分ほどが見えていた。その足にロープをかけ、菅江さんと文広さんが息を合わせて、出産を介助している。牛の息遣いと、ひとびとの息が重なり、少しずつお産が進んでいく。互いの言葉がわからなくても、通じ合うものがあるらしい。

あうんの呼吸で穂波さんが敷いたマットに、赤ちゃんが生まれ落ちた。その口に菅江さんが指を突っ込み、羊水《ようすい》を吐かせる。母牛は、産み落としたばかりの我が子を、長い舌で、いとおしそうに舐めた。時間をかけて、全身をくまなく舐めるその姿に、ほぼ部外者の僕ですら、胸に込みあげてくるものがある。

いつの間にか隣に、有悟が戻ってきていた。

有悟も感動しているのか、目を真っ赤にして、袖口で目を擦りながら、母牛の初乳《しょにゅう》を飲む赤ちゃん牛の姿を、じっと見つめていた。

外に一歩出ると、昨日と同じ牧場の朝が、昨日よりもずっとかがやいているように思えて、土と緑のにおいに満ちた空気を、胸いっぱいに吸い込んだ。

有悟は、ひとことで言うなら、無謀な男だ。

度胸があるのかもしれない。あるいは、なにも考えていないのかもしれない。これまでの長い付き合いで、僕はたぶん、後者だと睨んでいる。

かつて料理修業に単身フランスに乗り込んだ時も、ボンジュールとメルシーしか知らなかったらしい。いまだに単語をつぎはぎしたインチキフランス語ばかりで、きちんとは話せないようだ。専門用語だけで修業できるものなのか不思議だが、欠点を補って余りあるなにかが、あったのかもしれない。

なにがしかの才能に恵まれているのは、たしかだ。

有悟は、おいしいものを見つけ出し、つくり出すことに長けている。それを料理の才と呼ぶべきか、食いしん坊の才と呼ぶべきかは悩むところだが。

あのシロクマめいた丸っこい体軀《たいく》と、クリームパンのようなぷくぷくのふたつの手から、驚くほど繊細な料理が生み出されるさまは、人体の神秘と言っていいだろう。

ただし天は二物を与えなかった。他が著《いちじる》しくぽんこつなのだ。

——おいしい食材を、おいしい時期に、おいしく料理してお出しする。

有悟のシンプルな理想を形にした、旅するビストロを手伝いはじめて、数年になる。

小さいが選《よ》り抜きの厨房《ちゅうぼう》設備を整えたキッチンカーと、ブルーグレーと生成色の小さなサーカステントを詰め込んだトラックで、町から町へ、旬を追って旅をする。

昔の船乗りは、波止場《はとば》ごとに妻がいたとか聞くが、有悟の場合もそれに似て、行く先々に心を寄せる食べ物がある。有悟の脳内の地図と暦は、おいしいもので描かれているに違いなくて、その羅針盤《らしんばん》はおそらく胃袋にある。

僕の仕事は航海士に近い。嵐に突っ込む無謀な船長から、船と積み荷を守るのだ。


キッチンカーの鍵をぶらつかせながら、有悟が歩いてきた。

瞼《まぶた》がまだ腫れぼったいのは、さきほどの仔牛のためか、あるいは寝不足なのだろうか。

「颯真、朝食のパン買いに行こう」

「まだ六時にもなってないだろ、開いてる店なんてあるかな」

「ほんの少し足を延ばせばあるよ。パン・ド・カンパーニュがおいしい店だけど、前に行ったときは、バゲットとか、ブリオッシュもあったはず。今日みたいな朝にはとびきりおいしい朝ごはんが必要だ」

今日に限らず、そんなことばかり言っているのだが。

「まあ、近いなら」

「大丈夫、すぐ近くだよ。ビストロ式の最高の朝ごはんが食べたかったら、一にも二にも、おいしいパン屋さんが大切だからね。すぐだよ、片道ほんの一時間だ」

僕の意見など聞くつもりもないらしく、有悟はパン講釈を続けて車へ歩き出す。

「焼きたてのフランスパンやクロワッサンがあるといいな。フランスパンは、細めのバゲットでも食べやすいシャンピニオンでも構わないけど、できれば皮がパリパリと繊細な音を立てて歌うようなのがいいんだ」

半ば諦めて、僕は車の鍵を受け取り、運転席に乗り込んだ。

緑の濃い高原の朝は、夏とはいえ、まだ涼しい風が吹いていた。窓を開けたまま走れば、心地いい風が通り抜ける。

「あのさ颯真、今度店を出す場所、お祭りの近くはどうだろう？　ひとがいっぱい集まる場所なら、いろんなひとが来るし、お客さまも増えるんじゃないかな」

「構わないけど、そういうのは気が散るから嫌だって、前に言ってたろ？」

以前イベントへ出店した時には、つくる方も食べる方も落ち着けないと駄々をこね、以来イベント開催日と重ならないように配慮して、営業場所や日時を組み立ててきた。急にどうしたというのだろう。

「ええと、でも、いろんなひとに話を聞いたら、刺激にもなるし面白いかと思うんだ」

「有悟は接客せず、厨房にずっとこもってるのに？」

「そ、それじゃ私も、接客を」

「なにか隠してる？」

有悟が口ごもる。無茶を言い出すのはいつものことだが、明らかになにかがおかしい。

「言えないことなのか？」

「いや、そうじゃないけど、どこから話したらいいのか」

「結論から話して」

「わかった。ひとを捜したいんだ」

もっと突拍子もない話が飛び出すかと思っていた僕は、いささか拍子抜けした。ひとを捜すなんて、有悟がこれまで持ち掛けてきた話に比べたら、ずっとまともな部類に思える。

以前は北海道《ほっかいどう》から佐賀《さが》、淡路島《あわじしま》へとタマネギばかりを追いかけたこともあったし、潮目に乗って北上する魚を追い、太平洋側と日本海側の海沿いをジグザグに横断したことや、どこにいようとジビエが獲れた場所にすっ飛んでいくこともあった。

その有悟の無謀な考えを現実と摺《す》り合わせて、その都度、営業場所の確保や手続き、コストの調整や宿泊場所など、折り合いをつけるのが僕の役割だった。有悟の思い付きで動いた時は食材が確保できずに、定番メニューが出せない苦労もした。天才と天災はちょっと似ているのだ。

それに比べればひと捜しなど、造作《ぞうさ》もないことのように感じた。

「どんなひと？」

「すごく世話になったひとなんだ。今はどこにいるかわからないんだけど、日本にいることはたしかで」

「ちょ、ちょっと待って。どこにいるか、わからないのか？」

「うん。わからない」

話がきな臭くなってきた。

「そのひとの連絡先は？　電話番号とか、メールとか」

「知らないんだ」

「じゃあどうやっていつも連絡を取ってたんだ？」

「使いのひとが伝言を持って来てくれて」

いつの時代の話だ。ミラー越しの有悟は、冗談を言っているようにはもちろん見えない。いつもどおり大真面目で、にわかには信じがたい話をしているだけだ。

「そのひとを、どうやって捜すつもりなんだ?」

「だからさ、ひとの集まるところに行って、話を聞いてまわったら、噂話を聞けるかもしれないだろう?」

「全国津々浦々をしらみつぶしに? 何百年かかるんだよ。写真とか似顔絵で指名手配でもしないかぎり、情報だって集まらないだろ」

「似顔絵も指名手配も無理だよ。会ったこともないし、名前も知らない」

「……なんだって?」

「翁《おきな》って呼んでた。それしか知らない」

「他に知ってることはないのか?」

「もちろんある。重大な情報だよ。私の料理を気に入ってくれた。特にナス料理を褒めてくれたんだ」

頭を抱えるしかない。

翁というからには男性、それもおそらく年配のひとなのだろうが、ナスが好きな爺さんというだけで、なぜ捜せると、捜そうと思えるのか。有悟の思考回路がまるで理解できない。無謀にもほどがある。

「悪いが、捜すならひとりでやってくれ。無理だとしか思えない。僕は手伝わないよ。行き当たりばったりで仕入れもろくにできずに、定番メニューが出せないような営業はもうやりたくない」

「ええっ、颯真が手伝ってくれなけりゃ、見つけられる気がしないよ」

「僕が手伝っても手伝わなくても、見つからないだろうよ」

「颯真なら見つけてくれると思うんだよ。いつも、私が話すことを魔法みたいに叶えてくれるじゃないか」

魔法なんかじゃない。血と汗と涙をグジュグジュにじませた、僕の努力の賜物《たまもの》だ。

「無理と言ったら無理だ」

有悟の気の向くままに食材を追って営業した一年目は、ひどいものだった。胃袋に忠実な旅路は無秩序な動きも多く、仕入れ先もその都度開拓しながらで苦労したし、燃料費だって無駄に嵩《かさ》んだ。二年目からは、有悟の希望を聞きつつ大まかなルートを僕が選定して、効率的にまわれるよう、努力を重ねてきた。店が存続しているのは、ひとえに僕のおかげだろう。

なんの手掛かりもないひと捜しのために、無謀な旅に逆戻りするのは店の営業にとってはデメリット以外のなにものでもない。どうしてそれが有悟にはわからないのだろう。

有悟の頭の中は、いつも料理が優先する。

牧場に着いた時はあれほどしょんぼりと車を降りたのに、厨房に一歩踏み入れると、もう鼻歌を歌っていた。体をゆすりながら朝食の準備をする有悟の姿に、僕は軽くため息をついた。

*

気持ちのよい風の吹き抜ける木陰のテーブルに、白いクロスを敷くと、木漏れ日がレース模様の影を落とした。

ポットたっぷりのコーヒーと搾りたてミルク、人数分のカフェオレボウルを食卓に並べる。そこに採れたての夏野菜サラダ、店の定番ポークリエット、ふわふわのスフレオムレツを添えれば、なかなか充実した朝食になる。主役はたっぷりのパンだ。

ブリオッシュにクロワッサン、シャンピニオン、四等分したバゲット。といっても輪切りではなく、縦半分と真ん中で割った四等分だ。そこへ自家製ジャムを添える。

支度の整った食卓に菅江さん一家をお招きして、朝ごはんがはじまる。

「このオムレツふわっふわね。有悟くん、あとでつくり方教えてくれない？」

「颯真くんの淹れるコーヒー、うちの牛乳にすごく合うな。これなんの豆？」

「この上等なコンビーフみたいなの、おかわりしていいんかね」

穂波さんがオムレツをつつき、文広さんがあっという間にカフェオレを飲み干し、菅江さんが新聞を片手にリエットにフォークを突き立てる。ひと息ついたところで、有悟はバゲットとバターナイフを手に、立ちあがった。

「では、みなさま。パリ仕込みの、ビストロ式最高の朝ごはんを伝授いたしましょう。まず、パンにバターとお好みのジャムを塗るんです。タルティーヌといいます」

話しながら有悟は、菅江牧場のおいしいバターを塗る。びっくりするような量の厚塗りに、菅江さんと文広さんは度肝を抜かれたようだ。穂波さんは口元に笑みをたたえて、瓶詰ジャムの吟味に勤しんでいる。スイスでチーズづくりを学んだというから、フランスへも旅したことがあるのかもしれない。パリ流の朝ごはんもご存じなのだろう。

旅暮らしのよいところは、あちこちでおいしいものに出逢えることだ。果樹園を通るたびに増える自家製ジャムは、ブラックベリーとラズベリー、桃にあんずにマーマレード。今朝つくったばかりのミルクジャムもある。有悟はあんずジャムを分厚く塗り重ねた。

「ジャムまで塗ったら、お手元のカフェオレに、じゃぼん」

着席と同時に、ありえないほどバターとジャムを塗りたくったバゲットを、躊躇《ちゅうちょ》なくカフェオレボウルに沈めると、菅江さんと文広さんの目が点になった。穂波さんはラズベリージャムを塗ったブリオッシュをつまみ、優雅におふたりの驚きぶりを楽しんでいる。

あれをはじめてやられた時は、僕だって驚いた。

カフェオレボウルでひたひたにして、くったりやわらかくなったバゲットを、有悟は大きな口で迎え入れた。

「あら？　颯真くんは、カフェオレにつけないの？」

「はい。僕は歯応えたっぷりのパン皮と、もっちりした中身の弾力を楽しむ方が好きで」

「ふうん」

穂波さんは、頬杖をついて、僕と有悟をそれぞれ見比べた。

「あなたたち兄弟って似てないのね。有悟くんはおっとり、颯真くんはしっかり」

菅江さんも、僕らを交互に見て、バゲットの先端のみをカフェオレに浸す。

「顔つきや体形も、だいぶ違っとるなぁ。有悟くんはシロクマみたいに大きいが、颯真くんは細くてもっと俊敏な……猫かなにかみたいだ」

「ああ、言えてる。颯真くん猫っ毛だしね。もしかして兄弟って戸籍上のご関係？」

「いえ、それが、同じ親から生まれた、血を分けた兄弟なんです。でも似てると言われたことは一度もありません」

そうなのだ。僕と有悟は、見た目だけじゃなく、たぶん生き方も、ちっとも似ていない。

料理だけをまっすぐに追ってきた有悟と、のらくら過ごしてここに流れ着いた僕とでは、まるで違う。同じ江倉《えくら》家に生まれ、両親から同じように育てられたはずなのに、どうしてこうも違うのかと思うほど。

「颯真は母親似で、私は父親似なんですよ」

三本目のバゲットをカフェオレに浸しながら、有悟がのんびり応じる。

文広さんは、感心するように言った。

「兄弟でお店をするなんて仲がいいんだね」

「そうでもありませんよ？　先ほども有悟とは営業方針について決裂したところですし」

「それはまたなんで？　興味あるなあ、兄弟喧嘩？」

穂波さんの目が好奇心にかがやくと、有悟は身じろぎをして、仕込みがあるからとキッチンへ逃げていった。その足音に驚いて、牧草を食《は》む牛たちが、モー、モーと声をあげる。

「喧嘩ではなく、意見の相違ですね。いつもどおりと言えばそうなんですが、有悟がまた無茶を言い出しまして」

みんな腕を組んで、首を縦に振る。元はといえば、菅江さんたちとのご縁も、有悟の無茶にはじまる。牧場を訪れた有悟がその味わいの虜になり、生産量が限られていると断られても、どうしても取引させてほしいと拝み倒したのだ。

文広さんもあの時のことを思い出しているのか、苦笑気味に、顎を指で撫でた。

「熱意でもあるんだけどな、有悟くんの無茶の発端って」

「ええ、そうなんですが。さすがに付き合いきれないので断りました。朝にモーモー言う国際電話がかかってきてから、なんだか妙なんです」

「モーモー？　颯真くん、それってもしかしてフランス語だった？」

「ええ、おそらく。有悟がボンジュー？　って挨拶してましたし」

穂波さんから微笑みが消えた。考え込むように視線を下げた眉間に、縦皺が刻まれる。何度も話そうとしてはためらい、言葉を注意深く選んでくれているのがわかる。

「あのね、颯真くん。フランス語でmort《モー》は、死のことなの。わからないけど、もしかしたら、有悟くんの知り合いが、亡くなったって報せだったのかも」

「え」

あの電話の主の、モーモー言う声が、耳に蘇った。

そういえばあの電話の声色に、深い哀しみや憂いを感じたのではなかったか。

牛舎に戻ってきた有悟が目を赤くしていたのは、仔牛の誕生に感動したのではなく、もしかしたら、その訃報《ふほう》のためだったのかもしれない。

「よく話し合った方がいいね」

文広さんの言葉を合図のように、みんなが一斉に腰をあげる。

読んでいた新聞を、時間をかけて丁寧に畳んでいた菅江さんは、文広さんと穂波さんが立ち去るのを待って、話しかけてきた。

「君は、やり遂げなけりゃって思う気持ちが強くて、有悟くんの今回の無茶にも反対しとるのかもしれんな。有悟くんがうちで粘ってみんな困り果ててた時も、間に入って実行可能な方法を見つけ出してくれとったろう？　ま、あくまでも一意見だがね、失敗に終わるとしても取り組むこと自体に、なにか意味はあるもんだ。やってだめだったことと、やらずに終わったことでは、後者の方が人生に悔いを残すというよ」

菅江さんは僕に新聞を手渡して、キッチンカーへ顔を向ける。有悟がボウルと泡立て器を手にしているのが見えた。わざわざそのページを上にしてくれたのか、そこにはバレリーナから建築家になった満島《みつしま》ゆかりさんや、元政治家から家具屋を復興した橋澤直輝《はしざわなおき》さんが載っていた。おふたりとも、以前有悟と働いていた東京の店のお客さまだった。新聞を握る手に力がこもる。

「有悟と、話してみます」

＊

黒塗りのキッチンカーの厨房は、こだわり抜いた機材がコックピットみたいに機能的に配置されていて、ようやくふたりで並べるくらいの広さしかない。大柄な有悟には狭いだろうに、ひらりひらりと身を翻して調理するさまは、踊っているようにも見える。

有悟は銅の片手鍋をコンロにかけ、木べらを丁寧に動かしていた。しゅっしゅっと規則正しいリズムが、厨房に響いている。

話してみるとは言ったものの、どう切り出したらよいか迷い、僕は下げてきた食器を横で片付けながら、ようすを窺《うかが》った。有悟の手元からはなにか甘い香りが漂ってくる。

「いつも食べてるものが全然違うものみたいだ、ってよろこんでたよ、菅江さんたち」

「ああ、素材がいいからね。菅江さんたちの牛が好きって気持ちが素材に出てるんだ。朝に仔牛が生まれるところを見せてもらって、すごく納得したよ。牛もひとも、愛情深い」

「あの時の電話、友達?」

規則的だった木べらのリズムがかすかに乱れた。

「うん。パリの店にいた時のテオっていう元同僚。私は厨房、テオはホール係で。面倒見がよくてさ、年下だけど店では先輩だからって、なにくれとなく世話を焼いてくれたんだよ」

「フランス語だったからひとつもわからなかったが、気持ちって言葉じゃなくても、伝わるもんだな。あとでって大きく言ったら、黙った」

有悟が笑い声を立てた。

「それ、いい具合に聞き違えたんだ。待って、って意味のフランス語と似てる。テオもずいぶん取り乱してたから」

しばらく無言で木べらを動かしていた有悟は、鍋を火からおろして、作業台に置いた。

「蒸し返して悪いんだけど、やっぱり私、翁を捜さなきゃならない」

「あの電話と関係が？」

「約束を、守りたいんだ」

そうして有悟は、厨房の片隅から、薄汚れた封筒を取り出した。

封筒には水に濡れたような跡があった。いびつに歪んで、青いしみや泥の跡があちこちにある。取り出された便箋もにじんだしみや汚ればかりで、なにも書かれていなかった。

「私と翁をつないでくれていた恩人が、亡くなったらしい。東京の店にいた頃、この翁からの手紙を届けてくれたひとなんだ。翁の支援のおかげで、私は前の店を開くことができたんだ」

その翁という人物は、芸術家などを支援しているらしい。自身を竹取翁に見立て、光りかがやく才能を持つひとをかぐや姫になぞらえて、かぐやびと、と呼んでいたという。翁は、かぐやびとの才を天からの授かりものだと考えて、彼らがその才を存分に発揮して、かがやくまでを支援しているのだそうだ。

「文字は消えてしまったけど、パリの店で食べた私のナス料理がどんなにおいしかったか、心を込めて綴ってあった。心が躍るような店をつくらないかと言ってくれたんだよ。でもその約束を私は守れなくて。だから今度こそ、守りたい」

翁とのやりとりは手紙の他は伝言で、翁の代理人であるマダムと呼ばれるひとが、取り次いでくれていたという。翁もマダムも芸術に造詣《ぞうけい》が深く、感性の磨き方を教わったそうだ。

「マダムから預かったものを、翁に返したいんだ。颯真も見たことあるはずだよ。時々テントに飾ってる、漆《うるし》の箱」

「あの六角形の？」

つややかな漆黒に、粉雪のような金蒔絵《きんまきえ》と螺鈿細工《らでんざいく》の雪の結晶がきらめく、うつくしい箱のことだ。小さめのスツールほどの高さのある箱で、端正な六角形がふんわりふくらんだような、曲線を帯びた愛らしい姿をしている。金の粉雪に舞う虹色の雪は、ひとつとして同じ姿がない。ひょいとその辺に置いておくような代物ではなく、美術館のガラスケースの方がよほど似合う品だが、有悟は時折これを店に飾っていた。

「もしもマダムが亡くなった時、あの箱がまだ私の手元にあったら、翁に届けてほしいと言われてる。私には大事な約束なんだよ」

「何年かかっても？　下手したら、見つからないとしても？」

「それでも守りたい。努力をしたい」

唇をぎゅっと噛み締めた有悟は、こうなったら考えを決して曲げない。この店をはじめた時だってそうだった。

やり遂げられないかもしれないことに、どうしてそう情熱を傾けられるのか、僕には理解ができない。僕と有悟の違いは、こういうところにあるのかもしれない。

困難しかない道に向こうみずに突っ込んでいく兄はいつだって理解しがたい。

だけど、真摯な思いだけは伝わってくる。言葉を超えて。

「マダムってことは、そのひとは翁の奥さんなのか？」

「たぶんね。マダム・ウイって呼ばれてた。ウイっていうのは、はい《ウイ》といいえ《ノン》のウイじゃないかと思うんだ。穏やかな笑みでなんでも受け止めてくださる方だったから」

「じゃあ、奥さんの方も本名はわからないんだな。翁もマダムも日本人なんだよな？」

「うん、そう聞いた。日本とパリに家があるはずだけど、パリの家は引き払われたとテオが言ってた。翁は、日本のどこかにいるはずなんだ」

「パリでナス料理を食べたと言ってたな、パリの店に来ていた日本人客はわかるか？」

有悟はしげしげと僕を見た。

「……颯真、もしかして、手伝ってくれるの？」

「ほんの少しだけだ。長いこと付き合う気はないからな。どのみち一緒に動くなら、有悟の突拍子もない動き方よりは、多少ましな道筋を見つけられるだろうから。有悟のためっていうより、僕自身のためだ」

そう、僕自身のためだ。

無謀だとただ切り捨てる前に、自分とは違う価値観と向き合うためにも。

なにより、この隙だらけの男に任せておいたら、僕の毎日だって大変なことになる。

有悟は、僕の手を取って、ぶんぶん振りまわした。

「ありがとう！　よかった、颯真の好きな甘いものをつくりまくって、逆兵糧攻めでもしないと無理かと思ってたんだよ！」


有悟が取り出したボウルには、たまご液をふくふくに吸い込んだバゲットが入っていた。

熱した鉄のフライパンにバターを放り込み、バゲットを入れると、ジュ、といい音がして甘い香りが広がる。そのまま中弱火で両面を焼きあげて皿に盛り、フロマージュブランを添えて、先ほどの銅手鍋からすくいあげた茶色いソースをとろりとかけた。

「言葉代わりにこれで籠絡《ろうらく》しようと思ってたんだよ。パンペルデュ。失われたパンって意味だよ」

屈託なく腹の内を明かした有悟は、フォークを添えて、その皿を差し出した。

あつあつのパンペルデュからは甘い香りが漂い、たまご液をたっぷり吸ったバゲットは、フォークで難なく切り分けられるほどやわらかくなっていた。表面はカリッと、中はじゅわっとしたところと、ふるふるしたところがあって、酸味のないヨーグルトのようなフロマージュブランと合わせると、口の中がやさしさであふれた。ところどころぎゅっと甘いのは、あの茶色のソース。正体は、搾りたてミルクでつくられた、生キャラメルのソースだった。

こんなもので毎日のように攻められたら、たしかに僕はひとたまりもない。それも悪くないかもしれないが。

「硬くなって捨てるはずのパンを、諦めずに工夫しておいしくやわらかくした料理だよ。無理に思えることでも、なにか工夫できるかもしれない。颯真、どうか協力してください」

最後のひとくちを食べる僕に、有悟が頭を下げた。

エスプレッソでひと息ついた僕らは、パリの店のお客さまをメモしながら整理した。

「私は厨房を離れられなかったから、日本人のお客さまの予約があると、テオが教えてくれてた。ええと、アラキさん、フルカドさん、カメザワさん、カトウ夫妻、オオニシさん、アシザワさん。とくによく聞いたのは、アシザワさん。ひとりで来るときも、ご夫婦の時もあった。それからご近所に住む美食家のカトウ夫妻と、出張のたびに来てくれたオオニシさん。あ！ということは、ご夫婦で来ていたカトウ夫妻かアシザワさんかな？」

「そうとは限らない。他のひとにも配偶者はいるかもしれないだろ」

翁がパリの店で食事したのなら、そのうちの誰かということもある。とはいえ、そのひとたちの足跡を辿るのも、ほとんど不可能に思われた。有悟がパリで働いていたのは十年近くも前のことだ。

作業台に置いた、先ほどの新聞が目に入った。満島さんたちのように、年月の中で仕事や生活環境が変わるひとだっているだろう。

「情報が少なすぎて、踏み出す一歩が決められないな」

「私ら、ちょっと凝り固まってるかも。少しゆるんだ方がいいよ」

有悟は頭の上に両腕を伸ばし、手のひらを合わせると、左右にゆれた。なんと呑気なことか。呆れて見ていたが、体がほぐれると気持ちが上を向くと促され、真似てみると、全身がびりびりと痛んだ。体中がこわばっていた。

「同じように支援を受けた知り合いでもいたらいいんだがな」

「ひとつの分野にひとりって決めていたらしいから、同業のひとはいないんだ。でもパリの店でふたりだけ会ったことがある。有名なひとだったよ。あ、このひと」

有悟が新聞をすっと指さした。そこには世界中で活躍するピアニスト、山科実《やましなみのる》のコンサートツアーの広告が載っていた。

「一緒に撮った写真もあるよ。いつでも連絡してって言ってた。そうだ、山科さんに会ってみたらどうだろう？」

それはきっと社交辞令だろうが、万が一にも話を聞けるなら、どんな小さな情報でもありがたい。

「私もいろいろ考えたんだ。今の私が心躍るような店にするなら、世界で一番おいしい料理をつくろうって」

「世界で一番おいしい料理？」

「お腹だけじゃなく、心にもおいしい料理だよ。翁を捜して旅する間に、その場所ならではのおいしいものにもたくさん出逢うと思うんだ。だからさ、もし定番メニューが出せなくても、それ以上に魅力ある特別メニューを出す」

たとえば、とメモに有悟が書くアルファベットの文字が長く伸びていく。ただしそれはやっぱりインチキフランス語で、単語のつなぎ合わせのようだった。

「無謀だって颯真は言うけど、私は、うまくいくんじゃないかって思ってるよ。おいしいパンと、いいお酒があれば、いい道ができる」

「なんだって？」

「フランスのことわざなんだ。おいしいパンといいお酒は、ここにふんだんにあるじゃないか。

いい道はきっとできるはずだよ」

この困難しかない状況でそう言える楽天家ぶりには閉口するが、それが有悟なのだろう。羅針盤が嵐を示していても、迷わずに突っ込んでいく。

困難は、ひとを窮地に陥れもするが、ほんの少しずつでも、できることを増やしてくれるのかもしれない。ならば有悟といる限り、巻き込まれた流れに翻弄《ほんろう》されるだけじゃなく、対処を覚えていくことで、僕自身、成長できるかもしれない。


「さきほどはありがとうございました。ご助言のおかげで兄と話し合えました」

牧場の売店を整える菅江さんたちの元に、さきほどの礼を言いにいくと、三人は互いを見交わして、笑った。

穂波さんが、秘蔵のチーズを冷蔵庫から出して、手渡してくれる。

「さっきは似てないって言ったけど、やっぱりあなたたちって兄弟ね。芯の部分がそっくり」

「それは、よろこんでいいのやら、悩むべきなのやら」

「ついさっき、有悟くんもそうやって挨拶に来てくれたの。彼の方は、おいしい牛乳のおかげで弟に食べさせたいキャラメルソースができました、ってレシピごと」

小さな瓶と、手書きのメモを、穂波さんがうれしそうに見せてくれた。

「次に来るときは、うちで商品になっとるから、楽しみにしててくれ」

菅江さんたちに送り出されて、僕たちは、それぞれの車に乗り込んだ。

牧場では牛たちが散歩したり、寝そべったり、モー、モーと鳴きながらゆったり過ごしている。

その中に、ひときわ小さな仔牛を見つけた。

生まれたばかりなのに、仔牛はもう、小さな一歩を、力強く踏み出していた。

ヴィルトゥオーゾのカプリス

真鯛のグリエ、アメリケーヌソース

気づくと、オフィスの空気はいつの間にかゆるんでいた。

正午を過ぎ、昼休憩を取りはじめたひとが多いらしい。

CAD画面から顔をあげずに、もう一度集中を試みる。けれど、一度途切れてしまった集中の糸は元に戻らず、扉の開閉音や、昼食の相談らしき囁き声、がさごそ鳴るビニール袋に気を取られてしまう。私は足元の鞄からイヤホンを取り出した。こんなときは音楽を聴くに限る。

しかしいくら音を封じても、昼休憩の気配はデスクで食事する誰かのカップみそ汁やおにぎりの海苔、ファストフードのポテトの香りになって忍び寄り、それぞれの昼食風景を雄弁に語りはじめる。

ぐうう。ぎゅる。ぐるるるるるる。

たまらず、お腹が悲鳴をあげた。引き出しを漁ったものの、このところ残業続きだったせいか、お腹に溜まりそうなめぼしいものはない。ただひとつ、お土産にもらった和三盆《わさんぼん》の干菓子が見つかっただけだった。ないよりはましだろうか。

包み紙をひねって口を開けた瞬間、泉《いずみ》くんと、目が合ってしまった。

「そういうところですよ、朱音《あかね》さん。食事くらい、きちんと取ればいいのに」

会議が終わって、いなくなったものと油断していた。他の担当者と打ち合わせていたらしい。

泉くんは私を一瞥すると、会議書類一式を抱え、肩をいからせてオフィスを出ていった。

そういうところ、というのは、さきほどやりこめられた、コスト感覚のことだろう。

時間もコストだ、と強く言われたばかりだ。わかってはいるけれど、時間は和三盆にも似て、またたく間にしゅっと儚《はかな》く消えてしまう。だからこそこうして寸暇《すんか》を惜しんで仕事に勤しんでいるのだ。

泉くんが商品企画したブライダルジュエリーラインの新商品は、お客さま好みに調整できるセミオーダースタイルで、試作品があがってきたばかりだ。指輪の基本のデザインに、お客さまの個性を反映できる豊富なオプションを提案したのだけれど、コストを理由に見直しになった。

商品の性格上、特別な想いを乗せるのにふさわしい、凛とした佇まいを届けたい。理想としては、時間が経っても魅力が少しも褪せないものを、芸術作品のように触れるたびに発見のあるものを、目指したい。それがどうも泉くんの現実的なコスト感覚と、合わないらしい。

これでも大枠の予算は意識しているつもりなのだけど、指輪の着け心地などコンマ数ミリ単位の細部にまでこだわり抜いた箇所を、泉くんは「余計な部分」と切り捨て、材料、工程他さまざまな数字を理由に、修正が決まった。

オプション案も、個性を出すのならと選択肢をできるだけ増やしたのが、不興を買った。多すぎる選択肢は見るのもうんざり、生産管理面からも現実的ではないと指摘された。「余計な部分」は販売価格に跳ね返り、お客さまに無駄な負担を強いる、と。

そういう「余計な部分」から、面白いことが見つかるかもしれないのに。と思っても、言葉にはできない。数字の説得力は大きくて、数字の圧と泉くんの迫力に、いつも言葉を呑み込んでしまう。

販売までのスケジュールを考えると時間に余裕はなく、とくに基本デザインはもう一度試作する必要があるため、一刻も早く、工房宛てのデザイン設計と指示書をつくり直さなくてはならない。

泉くんは、時間もコストだと繰り返し、なるべく早く、できれば今日中に、と射るように私を見たのだった。


ぐうう。ぎゅる。

再びお腹が呻き、なだめるように手でさする。

今日中にとせかしておいて、昼ごはんを食べろというのも勝手な話だけれど、私にも、私の事情というものがある。今日ばかりは、残業するわけにはいかない。

大好きなピアニスト、小田《おだ》昇平《しょうへい》の演奏会があるのだ。

ファンの間では親しみを込めてオダショーと呼ばれる彼は、若手のクラシック・ピアニストで、澄んだ音色と詩情あふれる繊細な表現力を持ち、レパートリーの広さも魅力のひとつ。昨年、クラシックピアノ界の重鎮・山科実との共演でも話題を呼び、今や世界を飛びまわって華々しい活躍を重ねる、旬の演奏家のひとりだ。

二日間の公演チケットは既に完売。当日券がわずかに出るらしいけれど、倍率は相当なものだと聞く。初日はベートーヴェンの「ピアノ・ソナタ第三十二番」、二日目はラフマニノフの「楽興の時」全曲と、メインの曲目のみ発表されていて、その他は当日のお楽しみらしい。バロックから現代音楽まで、彼の幅広いレパートリーの中から演奏されると考えただけでも、わくわくする。

迷わず、初日を選んだ。仕事の集中用に聴き出したクラシック音楽のプレイリストに、いつも気になるピアノの音があった。ベートーヴェンの「ピアノ・ソナタ第十四番〈月光〉」。それが彼の音楽との出逢いだったから。「ピアノ・ソナタ第三十二番」は、天国を感じさせる曲と評するひともいる。彼がどんな音楽を響かせてくれるのか、楽しみで仕方がない。

生演奏を聴くためなら、昼食のひとつやふたつ抜いても、惜しくない。定時に退社できれば、コンサートホールの喫茶室や近隣のカフェで軽食をつまむ余裕もあるはず。

空腹をいなしながら仕事に励んだものの、一か所に修正を加えると、その影響を受ける周囲の調整も必要になり、芋づる式に作業は増える。時間は和三盆みたいにあっという間に溶けて消えた。

修正データ一式をようやく泉くんに送れたのは定時をとっくに過ぎ、開演に間に合うかどうかの瀬戸際だった。すぐに返信が来た。迷ったけれど開かず、逃げるように会社を飛び出した。

コンサートホールの入口に着いたのは開演わずか五分前。係のひとの案内で、中央後方の指定座席に滑り込むとすぐに、客席の照明が暗くなった。

舞台がまばゆい光に満ち、中央に佇む漆黒のグランドピアノが一段と存在感を増して、ひとびとの心を吸い寄せる。

この瞬間が、たまらなく好きだ。厳かな静けさの中、心地よい緊張感とともに、期待に胸をふくらませるひとときが。

音楽を奏でるのは演奏家だけれど、この静寂をつくるのは私たち聴衆。演奏会は、演奏家と聴衆の心がひとつに重なり、音楽がもたらす祝福をともに受け止めようとする、かけがえのない時間に思える。

舞台袖から姿を現したオダショーを拍手が包み込んだ。

彼はピアノの前でぴょこんと一礼し、椅子に座るとひと呼吸おいて、ゆったりと鍵盤に手を伸ばす。そういえばパンフレットを確認する暇もなく、曲目も見ていなかったと気づいた。

指先が触れたところから、光がきらきらとこぼれ出すように思えた。

この音。胸の奥でなにかがさざめく。この音を、聴きに来た。

音の粒は色とりどりの光になる。真珠のまとう虹色の光沢、水晶の透明なかがやき、ダイヤモンドの放つ強いきらめき、オパールの内に秘めた色とりどりの光。

澄んだ音色と楽しげな演奏家の姿に、聴いているこちらの気持ちもゆすられて、尖った部分が削られ、凹んだ部分は埋まり、自分が少しだけ、いいものに近づくような気がする。

最後に振りまかれた光のひとしずくがすっと消えて、静けさが広がった。ピアニストの頬がゆるむのと、聴衆が豪雨のような拍手を響かせるのが、ほぼ同時だった。拍手の渦の中でお腹が小さく音を立てたけれど、やっぱり来てよかったと心から思えた。

マイクを手にしたオダショーは、よく通る低音の声で簡単な挨拶をすると、次は現代音楽の、誰にも演奏できないと言われる音楽をお届けします、といたずらっぽく笑った。彼はポケットから四角い目覚まし時計を取り出し、グランドピアノの上に置いた。

なんだろう。あれも楽器として使うのだろうか。タイプライターやハンマー、ピストルを楽器にする曲もあるから、時計が登場する曲もあるのかもしれない。あるいは、誰にも演奏できないというほどだから、ものすごくスピードの速い、いわゆる超絶技巧の曲なのだろうか。

視線を集める指先は、鍵盤を素通りして、その蓋をやさしく閉じた。オダショーは微笑みを浮かべて、時計を見つめ、微動だにしない。

これが演奏なのだろうか。

楽器の音が消えると、静寂であるはずのホールにいろいろな音があるのに気づく。空調の動作音、かすかな衣擦《きぬず》れや身じろぎの音、小さな咳払いなど。それでも静寂は、鍵盤の蓋が開くまで、律儀な聴衆たちによって、つくり出された。緊張はゆるんでも、拍手が起きないところをみると、まだ第一楽章らしい。誰にも演奏できない音楽とはつまり、音符のない音楽のようだ。蓋の開け閉めで演奏を示し、あの時計で演奏の長さを計っているのだろう。

鍵盤の蓋が閉まるたび、ぴんと張り詰めた静寂がホールに広がる。

第三楽章の途中、静けさを破る音が、響きわたった。

ぐう。ぎゅる。ぐるるるるるる。

咄嗟《とっさ》にお腹を押さえたものの、ぐる、きゅううと、間の抜けた音は一向に鳴りやまない。

はっと顔をあげると、ピアニストが目を丸くしてこちらを見ていた。

頬が、かっと熱くなる。ホール中の非難の視線が集まっているようで、俯いたまま、もう顔をあげることができなかった。

拍手が、永遠にも思えた長い時間の終わりを告げると、私は身を縮めて、出口へ急いだ。メイン曲のベートーヴェンには後ろ髪を引かれるけれど、拒絶されたようなあの空間には、一秒たりともいられない。泣き出したいのをどうにかこらえて、足早に外へ出た。

大好きなピアニストの大切な演奏会を、自分が台無しにしてしまった。

とめどなくため息が出る。ちゃんと昼食を取っておくべきだった。定時で切りあげ、食事すればよかった。こんなことになるのなら。

明るく連なる街の光がまぶしすぎて、樹々の影が広がる公園へと道を逸れた。

＊

まばらにともる街灯をとぼとぼ辿っていると、ふと風に乗って、ピアノの音が聞こえた気がした。幻聴かと思ったけれど、耳を澄ますと、かすかに音がする。

公園内の道は二手に分かれ、小さな案内板が野外劇場と花の庭をそれぞれ示していた。きれぎれに聞こえる端正な音が気になって、私は野外劇場の方へと足を向けた。

うねる道の先に、光るものが見えた。立ち並ぶ樹々の枝と枝をつなぐように、イルミネーションが飾られている。おまつりかなにかだろうか。その奥に広がる芝生の広場には、水色と白の縞模様の小さなサーカステントが並んでいた。小部屋ほどのかわいらしいテントが六つばかり。心なしか、おいしそうな香りも漂っている。

サーカステントの向こう側には、帆立貝のような姿をした野外劇場が見える。

舞台で光を浴びているのは、小さなグランドピアノと、山高帽にサングラス姿の男性だ。まばらな拍手を受けて彼が帽子を取ると、白く短い髪がのぞいた。

イルミネーションはとびきり明るい樹につながっていた。根元まで幹いっぱいに光を巻きつけた樹と、少し離れた場所に立つ同じ姿のもう一本が並び、ゲートのように見える。光のゲートの間には、黒板が立てかけられていた。

――ビストロつくし。

なるほど、おいしそうな香りがするわけだ。期間限定のビストロらしい。前菜からデザートまで並ぶ料理名の最後には、数量限定のスペシャリテあります、と遠慮がちに添えられている。

メニューを見ているだけで、強い空腹感が襲ってきた。

「鯛かぁ」

おいしそうだ。本日のメインディッシュは、真鯛らしい。

「真鯛は秋冬にかけておいしくなります。中でも今日は、とびきりのが入りまして」

不意に聞こえた声に、飛びあがりそうになった。

黒板の隣にはいつの間にか音もなくギャルソンが立っていた。黒服に身を包んだ、猫を思わせる風貌の彼は、細長い指先をしなやかに、テントの端へ向けた。

「シェフもはりきっております。ほら、あんなふうに」

指さす先には、黒塗りのキッチンカーが停まり、白く大きな人影が、時折回転しながらリズミカルにフライパンを振っている。

「よろしければ、お席をご用意できます」

正直なところ、空腹は限界だった。


間近で見ると、テントはブルーグレーと生成色で、ヨーロッパの古い絵本のようなくすんだ色合いが、とてもシックだ。テントの入口はどれも、劇場を向いているらしい。イルミネーションで飾られた入口から中をのぞくと、まるでパリのアパルトマンのような、すてきな空間が広がっていた。

八畳ほどもあるだろうか、室内は思ったよりも広い。真っ白なクロスをかけた楕円形のテーブルにはランタンがともり、中央のポールにはシャンデリア、円形の空間に沿って置かれたスタンドライトや、そこかしこに飾られた大小のランタンが、空間をあたたかく照らしている。

アンティークのキャビネットには薔薇《ばら》が飾られ、薔薇色のヴェルヴェットのひとり掛けソファはしっくり空間に馴染んで、豪華なアラベスク模様のふかふかの絨毯を靴のまま歩いていることをのぞけば、ここが野外だということを忘れてしまいそうになる。

ギャルソンが引いてくれた椅子に腰を下ろすと、入口のイルミネーションが舞台を光で縁取るように見えた。遠目に見えるピアニストの横顔には笑みが浮かび、端正な音が響き出す。

食前酒に、旬のフルーツシャンパンを注文して、音楽に身をゆだねた。

聴き覚えのある曲だ。作曲家も曲名も思い出せないけれど、山科実とオダショーが共演した演奏会で、聴いたはず。あのときの演奏会もすてきだった。音の海をたゆたうようで、聴き終えたあとは、手を伸ばしたら星にも手が届くんじゃないかと思えるほど、体がのびやかになった。仕事のアイディアも面白いくらいいくつも浮かんできた。

今日だって、あんなふうに、心をのびのびと広げる一日に、なるはずだったのに。

こうなるとわかっていたら、退社間際に届いたメールを開いて仕事していた方が、まだましだったかもしれない。少なくとも大好きなピアニストの舞台を台無しにすることはなかったのだから。

コスト、と繰り返す泉くんの口調を思い出して、気持ちが重くなる。

音楽でいったら、私と泉くんは、不協和音みたいなものだ。

泉くんの仕事への情熱は十分理解しているし、尊敬する面もある。それは私も負けてはいないつもりだ。けれど、音楽では、隣り合った二音は互いにぶつかり合い、濁った響きになってしまう。

思うところがあっても、どちらかがぐっと呑み込んで片方に従わなければ、まとまりはしない。けれど、呑み込み続けてばかりいると、思うところはむくむくと大きくなり、どんどん苦しくなる。そうとわかってはいても、ぶつかるのは、苦手だ。ひととぶつかるのは多大な気力を浪費する。そんなところに気をまわしていたら、肝心の仕事に使う力がたちまちなくなってしまいそうだ。

指輪の基本デザインは修正したものの、オプション案のやり直しも控えている。

クオリティを落とさずにコストを大幅削減する案も、ここから考えなくてはいけない。なのにアイディアの手掛かりすら、思い浮かばなかった。演奏会がよい刺激になるかと、期待もしていたのに。


情けなさとみじめさの入り混じった大きなため息をついたところに、ギャルソンが顔をのぞかせ、肩をすくめた。

「申し訳ありません。お待たせしすぎてしまいましたね」

彼はするりとテントに滑り込み、私の前に、フルートグラスを差し出した。カットされた紫と緑のぶどうがグラスに沈み、シャンパンの泡をまとって、きらきらとかがやいている。

「いえ、そうではなくて。ごめんなさい、こちらのことなんです。今日はうまくいかないことばかりで、憂鬱になってしまって」

「そうでしたか。お腹が減ると、考え事は悪い方にばかり流れるといいます。その憂い、少しでも小さくなるとよいのですが」

続いて並べられた大きな白いお皿には、デミタスカップに入ったクリーム色のスープと、少しずついろいろな前菜が盛り合わせてあった。

「左から時計まわりに、パリのきのこのポタージュ、香草と木の実のサラダ、秋ナスのファルシ、オリーヴのマリネ、パテ・ド・カンパーニュでございます。ごゆっくりお召しあがりください」

パリのきのことは、マッシュルームのことだそうだ。香ばしく焼かれたバゲットとバターを並べ、テントを出ようとしたギャルソンは、ふと思い出したように、振り向いた。

「よろしければ、お料理をスペシャリテにご変更されてみませんか」

それは、私のためにつくられる特別な一品なのだという。

「本日のスペシャリテは、ヴィルトゥオーゾのカプリス。お腹だけでなく、心にもおいしいお料理のはずですよ」

どんな料理になるのかはギャルソンもわからないのだそうだ。

私のためだけに用意される特別な一皿だなんて、なんだかとても贅沢なことに思えた。

今日という日をこんな気持ちのまま終えるよりは、ひとつくらい、楽しいことに出会ってみたい。

「そのスペシャリテを、お願いします」

ギャルソンは、食べられないものや苦手なものを丁寧にメモすると、テントを出て、なぜか舞台の前で直立した。演奏中のピアニストがちらちら視線を送っている。ギャルソンは両手を組んだまま頭の上に伸ばし、左右にゆれた。疲れて、伸びでもしているのだろうか。

不思議に思いつつ、フルーツシャンパンを口にした。

「わ」

辛口ですっきりとしたシャンパンは、ぶどうと一緒に口に含むと、甘みと香りが加わって、いっそう華やかになった。

いただきます、と小さく呟いて、カトラリーを手にする。

とろけるようになめらかな秋ナスや、鼻の奥をくすぐるマッシュルームの香りが、秋の訪れを感じさせて、しみじみおいしい。バゲットのざくざくとした歯ざわりとパンのほのかな甘みにゆるんだ舌が、ルッコラとくるみを和える酸味にきゅっとすぼまる。緑と黒のオリーヴのマリネは香り高く、ピスタチオの入ったパテ・ド・カンパーニュは塩加減も食感もよくて、フォー

クを進めるのが楽しくなる。空腹は最大の調味料というけれど、この料理は、満腹であっても
いくらでも食べられそうだ。
それにこの、ピアノの生演奏。さきほどから奏でられる曲はどれも、音がひとつひとつ華や
かで、妙に惹き付けられる。ピアニストは夜なのにサングラスをかけていた。舞台の上はまぶ
しいのだろうか。曲が終わり、あちこちから拍手が聞こえ出す。テントに隠れて他のお客さん
のようすはわからないけれど、一曲ごとに拍手の熱は高まっているように思える。
すっくと立ちあがったピアニストは、私の方へ体を向け、山高帽を手に、深々とお辞儀をし
た。あまり深いお辞儀だったせいか、サングラスが外れて舞台の床に落ちた。
一瞬見えた素顔に、私は目を瞠った。
山科実？　まさか。
でも、彼があの重鎮ピアニストだとすれば、洗練された演奏に惹き付けられるのも無理はな
い。帽子とサングラスを身に着けた彼をいくら見ても、似ているようにも、違うようにも思え
る。落ち着いて考えてみれば、世界中でコンサートを開くような演奏家が、街の片隅の野外劇
場でピアノを弾いているはずはないのだから、きっと他人の空似だろう。それにしても、よく
似ていた。

ピアニストは椅子に座ると、天を仰ぐようにして、しばし動きを止めた。

やがてゆっくりと動き出した指先が、震えるようなトリルを奏ではじめる。

音は弾みをつけて音階を駆けあがり、物憂げな雰囲気を漂わせつつ、歌い出す。

「ラプソディ・イン・ブルー」だ。

ブルーと名前がついているけれど、曲全体を明るさが貫いている。音は意思を持ったように、鍵盤のあちこちをうきうきと跳ねまわり、伸び縮みし、緩急をつけて、耳に飛び込んでくる。

さまざまなブルーの色合いが、目の前に広がるような気がした。

空の青、花やドレス、プールの水面にネオンサイン、そして夜空の青。

時折印象的に響くのは、不協和音のようだ。

隣り合った二音の、それぞれではぶつかる音があることで、曲全体が引き締まり、魅力がぐんと増す。悲喜こもごもある中を貫く、どこか希望にも似た明るさが、そっと胸を打つ。ゆれ、惑い、迷っても、その明るさを目指して、音楽は進んでいく。

ピアニストは、歌っているかのように見えた。音と戯れるのが楽しくて仕方ないという気配が、こちらまで伝わってくる。演奏家が音に宿す、魂のかけらのようなものが、私たちの元にも届くのだろうか。音楽は、まだ言葉にもならないような気持ちのうごめきまで、すくいあげて、そっと見せてくれる。耳を傾けながら、私はこんなふうに、音楽に抱かれて、慈しまれたかったのだと思った。

最後の和音を弾き終えたピアニストに向けて、ありったけの力を込めて、手を打ち鳴らした。拍手に、感動と賞賛と敬意と、言葉になりきらない気持ちも、すべて込めて。

この思いが舞台に届くよう、祈りながら。

彼はピアノの前に立ち、帽子を取って、優雅に一礼した。

*

「ご満足いただけたようですね」

ギャルソンは鮮やかな一皿を私の前にそっと置いた。オレンジ色のソースの海に、きれいな焼き目のついた切り身が、島のように浮かんでいる。いい香りが食欲を震わせた。

「ヴィルトゥオーゾのカプリスとは、名演奏家の気紛れのこと。本日はガーシュウィンの一曲をお楽しみいただきました。お料理は、真鯛のグリエ、アメリケーヌソース添えでございます。旬の真鯛を、海老と野菜のうまみを凝縮したソースでご堪能ください」

「海老のソースで、お魚を、食べるんですか？」

思わず怪訝な声が出る。不協和音のように、味がぶつかりはしないのだろうか。鯛と海老は、味にそれぞれの個性がある。別々に食べた方がおいしそうだ。

「おいしいですよ。海老で鯛を釣るというでしょう。実際に釣れるんですよ。鯛と海老は縁が深いんです」

ギャルソンはおすすめのワインをいくつか見繕ってくれる。

それ以上なにも聞けず、私は覚悟を決めて、フォークとフィッシュスプーンを握り締めた。


オレンジ色のソースから生まれる海老の香りが、テントに立ち込めていた。色よく焼きあげられた真鯛は、皮目もぱりぱりと香ばしい。

切り分けた真鯛にソースをからめて食べた瞬間、海老の濃厚な味が弾け、口の中も外も、すべてが海老に染まった。真鯛の繊細な香りや味は感じられない。海老の風味が強すぎるのだ。

やっぱり、強い個性同士がぶつかると、片方に従うしかないのだろう。

半ば落胆しつつ、身を噛み締めると、味の印象ががらりと変わった。

これはなんだろう。真鯛と海老のうまみが不可分なほど混ざり合って、鯛でも海老でもない、とびきりおいしい新しい味に生まれ変わっていた。

口へ運ぶフィッシュスプーンが、どんどん速度を増す。

海老の鮮烈な香りと、噛むごとに存在感を増す真鯛のうまみが、味のリズムに心地よい強弱をつけて口いっぱいに広がる。

たちまち半分ほどがなくなり、慌てて食べるペースを落とした。こんなにおいしいものを、急いで食べてしまうなんてもったいない。少しでも長く味わっていたい。

よく冷えたシャブリの爽やかな風味が、料理をふくよかに受け止め、押し広げて、つい口元がほころんでしまう。


「お口に合いましたか?」

テントの入口で、白いコックコートに包まれた大きな体が、もじもじと左右にゆれていた。キッチンカーでは陽気にフライパンを振っていたのに、意外とはにかみやらしい。

すっかり空になったお皿に目を留めると、シェフは目尻を下げ、一気にまくし立てた。

「すばらしかったですね、『ラプソディ・イン・ブルー』。ガーシュウィンが〈アメリカの音楽的万華鏡《まんげきょう》〉と呼んだ作品だそうです。それにちなんで、アメリカ風という名のソースに仕立てました。それぞれにおいしい、真鯛と海老のいいところを合わせた一皿は、クラシックでもジャズでもあるあの曲に、ぴったりかと思いまして」

「本当にすてきでした、お料理も、音楽も」

笑うと、シェフの頬はぷっくり盛りあがって、てらてら光った。

「芸術は、心のごちそうですね。心が満ち、お腹も満ちたら、それは世界で一番おいしい料理なんじゃないかって、私は思うんですよ。そんな時間がちょっとでもあれば、憂き世を乗り越えていける気がするんです。見える世界も、ちょっとだけ変わる気がして」

心が満ちて、お腹も満ちる時間が、ちょっとでもあれば。

今日の私に足りなかったのは、その時間だったのかもしれない。

どちらも満ちた今になれば、それが少しわかる。

「海老と真鯛、味がぶつかって壊れるんじゃないかと心配でした。でも、すごくおいしかった」

海老も真鯛も、どちらかを損なうことなく混ざり合って、それぞれの存在を超えたおいしい味になっていた。ぶつかり合っても、壊れるばかりではなく、もっとよい形になれるのだと知った。

そんなふうになれるだろうか、私も。

「ほらほら、挨拶が済んだら、持ち場に戻ってくださいよ。新しいお客さまがお見えのようです」

デザートプレートを手にしたギャルソンが、シェフを追い立てる。シェフは軽く頭を下げて、調子の外れた鼻歌を歌いながら、キッチンカーへ戻っていった。

デザートは、かぼちゃのタルトと、栗のマカロン、そしてエスプレッソ。ギャルソンは、ごゆっくりと一礼し、足早にテントを出ていった。デザートプレートには、bonne chanceとチョコレートの文字があった。スマートフォンで調べてみると、幸運を、という意味らしかった。

テントの外では、ギャルソンが新しい客を迎える声がする。なじみの客なのか、上機嫌な男性の声は、今日もいい音で歌ってるなあ、と笑った。よく通る低音の声に聞き覚えがある気がした。声の主とギャルソンは、世間話をしながら、隣のテントに入っていったようだ。大きめの声は、テントの向こうからまだ聞こえてくる。

タルトをフォークで切り分けながら、どこで聞いた声だろう、と思いめぐらす。

「今日の演奏会、しんとした中で、お腹を鳴らしたお客さんがいてさ」

ぴたりと手が止まる。それは、私のことだ。

「舞台上まで聞こえるなんて、なかなか立派な音ですね」

ギャルソンの返答に声の主は笑った。その声は、オダショーのものに、違いなかった。

きっと彼は怒っているだろう、演奏会を台無しにした客のことを。先を聞くのが怖くて、私は急いで鞄を漁り、イヤホンを探す。

「うれしかったねえ」

思いも寄らない言葉に、思わず声の方を見た。そこには天幕があるばかりなのに、私は目を凝らさずにいられなかった。

「そのひと、大事な食事よりも、僕の音楽を選んでくれたわけでしょう。感激してね。演奏中なのに、じっと客席を見ちゃった。楽しんでくれてたらいいなあ」

そこから先、彼らがなにを話していたのか、耳に入ってこなかった。目がじんわり潤んで、タルトがゆれる。拒絶されたような気がしたのは、私がそう感じていたからなのかもしれない。そう思うと、聴けなかった演奏会がいとおしく思えて、もう一度きちんと、彼の演奏を聴きたくなった。

スマートフォンで明日の公演情報を確認すると、当日券の販売は、開演の一時間前かららしい。定時に退社できれば間に合う。今度こそ、心置きなく音楽に身を浸したい。

定時に帰るためにも、泉くんからのメールを確認して、明日に備えておこう。タルトをひと息にほおばり、かぼちゃの甘みとシナモンの香りを、エスプレッソで引き締める。

大きく息を吸って、社用メールを立ちあげた。

――ごはんは、大事です。

泉くんからのメールは、意表を突く言葉からはじまっていた。

――ごはんは、大事です。時間もコストのうち。ごはんをきちんと食べる。休みをきちんと取る。そういうことは、なるべく積極的に、やってください。朱音さんはただでさえ、無茶しがちです。ところでオプション案についてですが――

じわじわとあたたかいものが、胸に広がっていく。

もしかしたら世界は、私が思っていたよりも、ほんの少し、やさしいのかもしれない。

オプション案への細かな注文すら、笑顔で眺められる。

思い付いたことがあった。青を選ぶのはどうだろうか。サファイアの青、アクアマリンの青、ブルートパーズにラピスラズリ、タンザナイトやターコイズ。花嫁の幸せを願うという、サムシング・ブルーのおまじないにもつながる。

明日、朝一番に、泉くんと話してみよう。

ぶつかることをおそれずに、話してみよう。ぶつかったとしても、それを足掛かりに、もっとよい形を、一緒につくりあげられる気がする。今の私なら。


ギャルソンが、再び両手を伸ばして、ゆれているのが見えた。

あれは、スペシャリテ注文の合図なのかもしれない。

ピアニストが隣のテントを向いて、帽子を胸に、うやうやしく挨拶をした。

ここからまた、新しい一皿が、生まれるのだろう。


音楽が、はじまる。

マエストロのプレジール

仔牛のポワレ、パレット仕立て

駅の窓からは、すっかり色付いた街路樹が見えた。

週末のターミナル駅の改札口付近は賑やかで、映画や美術展、演奏会など沿線の催しのポスターと、ひとであふれている。

ホームに電車が入ってくるのが見えて、僕はコートのポケットにひそめた小箱をそっと握った。つややかなリボンをかけた小箱の角が手のひらをつつき、僕に勇気をくれる。

待ち合わせの時間まであと数分。

どんな雑踏の中でも、織絵《おりえ》さんをすぐに見つける自信が、僕にはある。改札にひしめくひとの中でも、彼女のまわりだけ景色がくっきりとするように、目を惹くのだ。ほら、あんなふうに。

織絵さんは改札を出てようやく僕を見つけると、苗木のようにしなやかな手を左右に振った。コートの下にのぞく黒いワンピースは植物柄で、蔓《つる》模様に散らばる赤い実が鮮やかだ。

「山吹《やまぶき》くん、早かったんだね」

「いや、今来たとこ」

本当は気合を入れすぎて、三十分も前に着いてしまったのだが。

僕は今日という日を、できれば僕たちの記念日に、加えたいと思っている。

そのために一日の行動計画も入念に練ってきた。この二年半にふたりで訪れた思い出の場所をまわるつもりだ。はじめて一緒に出かけた映画館を皮切りに、一年目の記念日を祝ったカフェ、毎年クリスマスプレゼントを選び合うブックストア。少しずつ思い出をなぞり、最後に二年目の記念日に訪れたレストランへ。そこで指輪を贈るつもりで、席も予約してある。

だけどこれは、あくまでもサプライズにしたい。その方が、僕の本気が伝わる気がして。だから、誕生日でも記念日でもない、今日なのだ。

彼女には、出かけよう、とだけ伝えてある。

「織絵さん、今日の行き先なんだけど」

「その件ね、いいものがあるの。なんと招待券」

じゃん、と効果音付きで、彼女がバッグからチケットを取り出した。

「同僚にもらったの。取引先からいただいたんだけど、彼女はもう観たからって」

「美術展？」

フランスで活躍した画家たちの展覧会らしい。改札口にもポスターが貼られていて、教科書で見たような絵がいくつか並んでいた。

「今まで一緒に行ったことないけど、山吹くんも美術は好きだって言ってたよね？」

「……そうだね、あまり詳しくはないけど」

あまりどころか、美術なんてまるでわからない。織絵さんはいつも友人と美術展に出かけていたから、勢いでついた小さな嘘なんて、すっかり忘れていた。大昔に授業で習ったことを必死に思い返してみるが、ポスターの絵さえ、どこかで見たなと思うくらいだ。このままでは一発でぼろが出るだろう。よりによって今日、嘘がバレて信用を失うのは避けたい。

僕よりふたつ上の織絵さんは趣味の幅も広くて、大抵のことは僕よりよく知っている。彼女に見合うように、この二年半、努力を重ねてきた。美術展くらいで水の泡にはしたくない。

コートの上から小箱をぎゅっと握り締めて、ささやかな抵抗を試みる。

「今日は映画なんてどうかと思ったんだけど」

「観たい絵画があるの。だめかな?」

織絵さんはおとなしく穏やかだが、芯の強いひとだ。口調はやわらかいのに主張は曲げない。それがよいところでもあるのだが。ここは僕が折れるしかなさそうだ。

考えようによっては、チャンスかもしれない。

彼女の観たい絵の前で、指輪を渡してはどうだろう。好きな絵の前でのプロポーズなんて、生涯忘れ得ない一場面になるんじゃないだろうか。舞台装置としては悪くない。

行こうか、と言うと織絵さんは、とろけるような笑顔を見せた。

僕は美術館までの経路を調べるふりをして展覧会のサイトを開き、見どころや主な出展作品、画家をざっと確認した。織絵さんのお目当てはどんな絵だろう。裸婦だったら気まずいなと心配もしつつ、彼女が楽しげに語る美術の話に、細心の注意を払いながら相槌を打った。
お目当ては、マティスらしい。

人気の展覧会らしく、美術館のチケット売り場には、列ができていた。招待券を持つ僕らはそのまま入口付近に進み、織絵さんは慣れたようすでコインロッカーにコートと鞄を押し込んだ。

僕もつられてコートを脱ぎかけ、小箱のことを思い出して、鞄だけを預けた。他のポケットでは、不自然な凹凸ができてしまう。そんな不格好なネタバレをするわけにはいかない。

展示室入口の手前には、音声ガイドの貸出受付があった。解説や見どころ、ちょっとしたエピソードを教えてもらえる格好のアイテムらしい。渡りに船とはこのことだ。これなら僕も織絵さんと同じ話題で話すことができる。躊躇なく受付に向かった僕の袖を、彼女が引いた。

「今日はガイドはいいよ」

そのまま彼女は展示室に向かう。僕は音声ガイドに後ろ髪を引かれつつ、展示室に足を踏み入れた。小さな嘘をつき通すには、かなりの努力と工夫が必要そうだ。

美術館なんて、中学の頃に課題で訪れて以来だ。教会や神殿、お寺にも似た独特の静けさが、あの頃は苦手だった。背筋の伸びるような静けさに、緊張を覚えたからだろうか。

でも今は不思議と、心地よささえ感じる。暖房が効いているせいだけではないだろう。この独特の静けさの中に、なにかが濃密に含まれている気がした。

ゆるやかなひとの流れは、一定の速度を保って絵の前を動いていく。モネやルノワール、セザンヌにボナール、ユトリロ、マティス、ピカソ。有名画家の絵にはひとが集まり、流れはひときわゆっくりになる。

織絵さんはその列から早々に離れ、ひとの隙間を縫って、展示順にかかわらず、間近で観られる絵を渡り歩いた。暖房のよく効いた室内を端から端まで、ウォーキングでもするみたいに。

絵を見つめる彼女の目はきらきらとかがやいていた。

気に入った絵の前では、時間を忘れて、いつまでも眺めている。僕はその隙に、ポケットに隠したスマートフォンで画家の情報を調べたり、ソファに置かれた図録の解説を読んだりして、小さな嘘を、嘘から出たまことにできないかと、悪あがきを続けた。

不意に投げかけられる織絵さんのひとことに、それらしく受け答えできるよう、神経を研ぎ澄まして。

「私ね、モネの『睡蓮《すいれん》』て聞いたときに思い浮かべる作品て、ひとりひとり違うんじゃないかと思うの」

「二百作くらいあるらしいね。同じ題材で一日のうちの違う時間帯の光を描いたり、広大な庭に植える植物や位置を自分で選んだり、モネって研究熱心だよね。浮世絵好きが高じて、日本風の太鼓橋《たいこ》までつくったというし」

「そう、広重《ひろしげ》の名所江戸百景『亀戸天神境内《かめいどてんじんけいだい》』がモデルって言われてる。山吹くん、すごく詳しいんだね」

織絵さんの反応がうれしい反面、欺いているようでもあって、こめかみにじっとり汗がにじんだ。ずっとコートを羽織ったままの暑さのせいなのか、やましさからなのか、よくわからない。

暑さで朦朧《もうろう》としているせいではないと思うが、絵は、じっくり向き合ってみると静かに、だけどものすごく饒舌《じょうぜつ》に、なにかを語りかけてくる気がした。

白い蒸気をもうもう吐き出す蒸気機関車の絵は、走行音や冷たい空気さえ感じるようで、見ているだけで手がかじかみそうだったし、晴れやかな朝の河畔《かはん》の絵からは、穏やかな水音や鳥のさえずりが聞こえてきそうで、その澄んだ空気を思わず胸いっぱいに吸い込んでいた。ここは室内なのに。

残念なのは、この感じをうまく言葉にできないこと。絵の奥に秘められたなにかがあることはわかるのに、僕はその前に佇むことしかできない。

だから、正しく感想を言い表そうとするとやっぱり、わからない、になってしまう。

誰かが見つめた一瞬を、窓から、ただ一緒に眺めているような気分になる。

マティス、という名を見つけ、僕は背筋を正した。

展示されているのは女性を描いた油絵やスケッチ、躍動感ある切り絵などだった。一枚通り過ぎるたびに僕は舞台にあがる前のように緊張したが、織絵さんはどの絵も静かに鑑賞し終えた。

やがて出口の表示を見つけると、織絵さんの顔色がさっと変わった。

「山吹くん、ちょっと戻ってもいい？　ないの、マティスの作品」

「マティスならいくつか」

「あの作品がないの。見つけられなかった」

織絵さんは足早に引き返し、マティスのある展示室をくまなく見て歩いたが、彼女の観たい絵はないという。監視員にたずねると、織絵さんの目当ての絵は、展示替えで、別な絵と入れ替えになったらしかった。

がっくり肩を落とす彼女を慰めつつ、僕はコートのポケットに手を突っ込んで、小箱を確かめる。小箱の出番も、汗だくで鑑賞した甲斐もあまりなかったが、こればかりは仕方がない。

予定変更だ。次の好機をつくるためにも、彼女の気持ちを上向かせるのが先決だ。そこから、レストランに出かけるうまい口実を見つければいい。

ちょっとぶらぶらしてみようと織絵さんを促し、僕らは美術館をあとにした。

＊

駅へ向かう大通りの一部が、歩行者天国になっていた。なにかの催しらしく、露店が道に沿って立ち並び、活気あふれる声が飛び交っている。暮れはじめた景色に、ぽっと街灯がともった。

「マルシェの日みたいね」

織絵さんが果物とジャムを並べる店に吸い寄せられる。近隣の生産者が定期的に開く、市場らしい。それぞれの店先には野菜や果物、パン、焼き菓子、ジャム、ワインなど、おいしそうなものが並び、どこからか肉の焼ける香りも漂ってきた。でも不思議なことに、近くに肉を焼く店はない。

あたりを見まわすと、光を撒《ま》いたような一角があるのに気づいた。

フェンス状のイルミネーションに囲まれて、小さなサーカステントが六つばかり、石畳の広場の隅に並んでいる。

くすんだ水色と生成色の縞模様をしたサーカステントが、光の粒に囲まれて夕空の下に佇むようすは、さながら夢の中か映画のワンシーンのようで、僕はしばしその風景に見惚れた。

近づいてみると、光のフェンスの途切れたところに、黒板が据えられていた。

「ビストロつくし。期間限定開店中だって」

織絵さんがメニューをのぞき込む。あのいいにおいの出どころはここらしい。

「数量限定のスペシャリテって気になるね、山吹くん」

「限定なら、まだあるとは限らないよ」

ここで道草を食うわけにはいかない。レストランの席は予約してあるし、時刻も迫っている。それを告げられないのがもどかしいが、もし伝えたらたちまち質問攻めだろう。サプライズが台無しになる。この場をさっさと離れようと、織絵さんを誘おうとしたが、もう遅かった。

織絵さんはギャルソンを捕まえて、スペシャリテがどんな料理かをたずねていた。

石畳の上を音もなく歩く彼の足取りと風貌に、僕は猫を思い浮かべた。

「本日のスペシャリテは、マエストロのプレジールでございます。お客さまに合わせて、その都度シェフがおつくりするので、どんなお料理かはできてみるまでわかりません。ですが、心にもおいしいお料理になるはずですよ」

ギャルソンは、サーカステントの向こうへ目をやった。そこには黒塗りのキッチンカーが停まり、中で白い巨体が、右に左にせわしく動いているのが見えた。あれがシェフだろう。

「まだ開店したばかりなので、お好きなサーカステントをお選びいただけます」

テントの入口はイルミネーションに飾られたままぴっちり閉まっているが、内装が少しずつ違うらしい。一番違うのは装飾品だと聞くと、織絵さんの目は、絵を観るときのように、きらきら光った。

「面白そうじゃない？　テントも、お料理も」

こうなったらもう、梃子《てこ》でも動かないだろう。僕はどこか打ちひしがれながら、そして心の中で予約したレストランに必死に詫びながら、ギャルソンに向き合った。

「そのマエストロのプレジールって料理、ふたり分、お願いします」


テント選びを織絵さんに任せ、僕は黒板の横でレストランへ電話をかけた。呼び出しのほんの数コールの間に、織絵さんはもうテントを決めたようで、開いた入口から颯爽《さっそう》と中へ入っていくのが見えた。直前のキャンセルを心から詫びて電話を切ると、いつの間にかギャルソンがすぐ隣に立っていた。

「ご先約がおありでしたか」

「でも彼女には伝えていなかったので」

せめてお楽しみいただけるとよいのですが、とギャルソンは僕をテントへ案内する。

電話をコートのポケットにしまうと、小箱が手に当たった。

この指輪の出番は、あるんだろうか。

思い出の場所も、彼女の好きな絵も、予約したレストランも、僕が思い描いた理想の舞台は全部消えてしまった。

百貨店でこの指輪を見かけたとき、自然と、結婚の二文字が思い浮かんだ。いつかはと頭の片隅にあった想いが、急にくっきり立ち現れたように感じた。いつかのために、準備しておこうと。

土台のデザインと好みの青い石を選べる指輪だった。しなやかな曲線を描いたシンプルな指輪がとても上品で、織絵さんによく似合いそうだった。色合いの違ういくつもの青い石を並べて、石言葉も教わりながら、彼女のための指輪を選ぶ。それはこれまでとこれからを考える時間でもあって、受け取りまでの一か月が長くも短くも感じられた。

今週、できあがった指輪を見ると肚《はら》は決まり、いつかは今日しかないと強く思うようになった。

だが、どうだろう。なにもかも思い通りにことが運ばない一日だ。プロポーズしたとして、それもうまくいかなかったら？　考えるほど気持ちが沈み、小さくため息がこぼれた。

急にぴたりと足を止めたギャルソンが、僕を見ると、両手を組んで前に突き出した。

「どうぞご一緒に」

そのまま頭の上に組んだ手を伸ばし、ギャルソンはゆっくりと左右にゆれる。促され、わけがわからないままに真似てみると、背中や首がばきぼきと音を立てて軋んだ。

「つくしのポーズ、と僕たちは呼んでいます。体がほぐれると気持ちも少し上を向きます。その憂い、少しでも小さくなるといいですね」

見れば、キッチンカーでもシェフがつくしのポーズで応えるようにゆれていた。


変わった店だという印象は、サーカステントの中をのぞき込むと、いっそう強くなった。

ここは本当に野外のテントなんだろうか、プチホテルの一室とか映画のセットではなく？

イルミネーションの光る入口から一歩足を踏み入れると、ふかふかした絨毯に驚いた。靴のまま踏むのが申し訳ないような毛足の長い濃紺の絨毯には、花かご模様が織られている。室内に並ぶ棚や椅子は見るからにアンティークだ。よく手入れされ、どれもはちみつをかけたようにつやつやしている。テントを支える中央のポールにはシャンデリアがきらめき、ところどころに置かれたスタンドライトや大小のランタンが、室内をあたたかく照らしている。円筒形のストーブには青い炎がゆらめき、その横にある深い緑色のヴェルヴェットのソファで、織絵さんはすっかりくつろいでいた。

とりわけ目を惹くのは、一枚の絵画だ。

クラシカルな猫脚の棚の上で、ぱっと目を惹く赤が、どんな照明よりも、部屋を明るくしていた。織絵さんはうっとりと絵を見つめていた。

描かれているのは、赤い室内に佇むふたりの音楽家らしき女性たちだ。ひとりは小型のギターを、もうひとりは楽譜を手にしている。傍らのテーブルには花や果物、菓子が置かれ、赤い背景には葉や花のような線と、アーチ模様が装飾的に描かれている。

コートを掛け、少し迷いながら、小箱を鞄の中へ滑らせた。

ほどなくギャルソンがやってきて、僕たちは白いクロスに覆われた楕円形のテーブルに着いた。

「旬のフルーツシャンパンです。洋梨の風味をお楽しみください」

織絵さんが頼んでくれていたらしい。金色のシャンパンの中、三日月のような洋梨が、ほの白い肌に泡をまとってきらめいている。グラスに鼻を近づけた織絵さんが、いい香り、と呟いた。

続いて並べられた皿には、どれから手をつけようか迷うほど、前菜が盛り付けられていた。

「左から、ゴボウのポタージュ、秋ナスのベニエ、芽キャベツとブロッコリーのソテー、ホウレンソウとくるみのキッシュ、サーモンのテリーヌです。ごゆっくりお召しあがりください」

ほどよく色付いたバゲットがふたりの間に置かれるのをじりじりと待ち、僕たちは乾杯した。洋梨とシャンパンを一緒に口に含むと、洋梨特有の魅惑的な香りがシャンパンの華やかさと重なり合って、極上の香水のように薫った。

デミタスカップに入ったポタージュには、カリカリに揚げたゴボウの薄切りが添えられ、まろやかなゴボウの滋味があふれた。ニンニクと唐辛子が利いた芽キャベツとブロッコリーは、歯応えもよく食欲をそそる。薄い衣のついた揚げナスは、表面はさっくり、中はとろりとして、スパイスの利いた塩で食べると異国の味がした。あたたかなキッシュからはほのかにチーズの香りが立ちのぼり、ホウレンソウの甘みとくるみの歯ざわりが、絶妙なバランスで口を満たした。イクラを添えたサーモンのテリーヌもいい。淡いオレンジ色のテリーヌは口の中でふわふわとほどけ、ぷちっと弾けるイクラの食感も楽しい。

「おいしいね」

「うん、おいしい」

その言葉以外思い付かず、僕と織絵さんは、ひとことだけで会話した。この一皿で十分に満足しそうなほど魅入られて、言葉を忘れた僕たちは、料理を夢中で口に運んだ。

「おいしい食べ物飲み物に、すてきな作品。最高だね」

織絵さんは、さっきの落ち込みぶりが想像できないほど上機嫌になり、食事の合間も、棚の上の絵をたびたび観ていた。あの絵がよほど気に入ったらしい。

「山吹くんはどう?」

絵のことだと気づくまで、時間がかかった。

「いい絵だね」

「それだけ? さっきはあんなにいろいろ話してたのに」

織絵さんは口を尖らせるようにして、先を促してくる。仕方なく視線を絵に移したが、話せることなんて思い浮かばない。この絵について調べようがないからだ。美術館と違って、作品名も画家もわからない。よく見ればどこかにサインがあるのかもしれないが、ここからは見えなかった。織絵さんにそんなつもりはないのだろうが、試されているようで、手のひらにじっとりと汗がにじむ。

黙りこくる僕を、織絵さんがいぶかしげに見た。

もしかすると彼女は、気づいているのだろうか。僕が虚勢を張っていることを。もし気づいているのだとしたら、さっさと謝ってしまった方がよいだろうか。取り繕う余地はあるだろうか。

言うべきか。言わざるべきか。

こめかみのあたりから、汗がつうと流れ落ちる。

「もしかして、山吹くんて、美術を」

「ごめん！　わからないんだ」

間髪を容れず僕は頭を下げた。

今日は記念日なんかじゃなく、忘れたくても忘れられない、悲しい日になるのかもしれない。

「わからないんだ、絵のことなんて。美術館で話したのは、あの場で必死に調べたこと。ごめん。本当はなにもわからないんだ」

織絵さんは、瞳をゆらして、視線を落とした。

＊

「おや、なにかお口に合いませんでしたか？」

テントの入口から、ギャルソンがするりと入ってきた。すっかり空になった皿を片付けてテーブルを整えると、小さく咳払いする。

「お待たせいたしました。本日のスペシャリテ、マエストロのプレジールは、巨匠のよろこびに思いを馳せた一皿。お料理は、仔牛のポワレ、パレット仕立てでございます。やわらかな仔牛肉を、色彩ゆたかなソースでお楽しみください」

目にも鮮やかな一皿だ。

皿の中央に並んだ数切れが、仔牛のポワレらしい。断面はきれいな薔薇色で、上部にはパン粉のようなものがまぶされている。その周囲を、絵の具を筆でぽってり置いたような、色とりどりのソースが囲んでいた。赤や黄緑、黄色、白、紫に濃茶。余白にはクレソンや青い小花が彩りを添えている。

小さなローストビーフの塊を思わせる仔牛肉は、ナイフがすんなり通った。最初のひとくちは、ソースをつけず、そのまま食べてみる。ほどよい弾力があって、とてもやわらかい。噛むたびにあふれてくる肉汁には癖がなくて、パン粉のさくさくと軽やかな歯ざわりになじみ、いつまでも味わっていたくなる。

ソースをまとわせて食べると、味の印象がそれぞれに変わった。

トマトの赤いソースは爽やかな酸味が肉の味わいを深めてくれ、黄緑のソースに混ざる砕いたピスタチオの風味はあっさりした肉にほどよいコクを加えてくれた。バターの香る黄色いソースや、ワインとチーズの香る白いソースは重厚感で、紫と濃茶のソースはベリーとバルサミコの個性的な甘みと酸味で、肉のうまみをぐっと前面に引き出してくれる。

ギャルソンおすすめの赤ワイン、サン・テミリオンは重すぎず、果実感ある味わいが肉とソースの味わいをさらに深めて、体の奥底から深い満足感がしみじみと湧いてくる。

「おいしいね」

織絵さんが小さく呟いた。

「うん、おいしい」

もしかしたらこれは僕たちが一緒に食べる、最後の食事になるかもしれない。そんな悲しい食事だとしても、料理は、沁みわたるように、おいしかった。

奇をてらうわけでもなく、無理に味をつけるのでもなく、素材の味を自然に引き出して、よりおいしくしている、そんな真っ当な料理に思えた。

「私も、わからないな」

織絵さんがぽつりと呟く。言葉の意味を確かめようとした時、入口からおずおずと声がした。

「お楽しみいただけましたか?」

大きな身をよじって、コックコートに身を包んだシェフが、テントに入ってきた。

もごもごと挨拶を述べていた彼は、僕らの皿がほとんど空になっているのを見ると、にんまりと頬を盛りあげて、饒舌になった。

「ここに飾った作品から想像を広げておつくりしました。〈色彩の魔術師〉と呼ばれた彼にちなんで、たくさんの色を召しあがっていただこうと思いましてね。画家がよろこびを描き出す源、パレットのように仕立てました。彼の作品を見ると私はどうにも動き出したくなって、ソースが予定より多くなってしまったんですが」

その〈色彩の魔術師〉というフレーズには聞き覚えがあった。美術館へ向かう電車の中で、織絵さんから聞いたような気がする。誰のことだったろうか。

「わかります、その感じ」

織絵さんが頷くと、シェフはうれしそうに赤い絵に近づき、織絵さんと僕を呼び寄せる。

「ほら、ここのテーブルに、果物とかお菓子が描かれているでしょう。茶色い長方形のはガトーショコラじゃないかと思うんですよ。それで仔牛肉にチョコレートのソースを添えようとしたんですが、店の者に、肉よりデザートがいいと言われましてね」

シェフと織絵さんにならって、僕も絵と向き合った。ガトーショコラの横には、赤いハートが描かれている。ケーキかなにかだろうか。ふと赤く塗られた床の隅に、文字があるのに気づいた。Hからはじまる文字の後半は、マティスと読める。

その瞬間、〈色彩の魔術師〉とはアンリ・マティスのことだとも、織絵さんがここへ来てからあんなに上機嫌だった理由も、すべてがつながった。

織絵さんとシェフは、並んで絵を見つめながら、楽しそうに言葉を交わす。

「この黄緑色の皮をした果物はなんでしょうね。洋梨かな」

「でもお嬢さん、これ丸いでしょう。青りんごかもしれませんよ。それより、この背景に描かれた模様。これ見ると私、エピってパンが食べたくなるんです。麦の穂の形をしたパンでしてね、ベーコンを挟んで焼いたのなんて、たまらないですよ。黒胡椒たっぷりで、ワインと合わせるとなお」

絵と直接関係のない話をしているのに、織絵さんはひどく楽しそうに見える。

そこで僕は、自分がなにか重大な間違いを犯していたんじゃないか、と気づいた。知識や背景で取り繕うよりも、こんなふうにただ素直に絵と向き合えばよかったんじゃないか、と。

「シェフは、美術がお好きなんですね」

「もちろん。美術も、音楽も、芸術全般が大好物です。心のごちそうですからね。私はね、心が満ち、お腹も満ちたら、それは世界で一番おいしい料理なんじゃないかって、思うんですよ」

「その一番ってただひとつじゃなくて、いっぱいありそうですね。うれしいことや楽しいことは、ひとつでも多い方がいいもの。たくさん一番を見つけられたら、それだけ世の中がすてきな場所に思えそう」

「世の中ってやつには、憂いが多いですがね。すばらしい芸術と、おいしい料理があれば、憂き世を乗り越えていける気がするんです。だから、店の名は、つくし、とつけました。わかります？」

織絵さんと僕はしばし考える。

もしかして、と口にした僕に、シェフの包み込むようなまなざしが注がれた。

「憂き世の中につくしがあると、憂き世は、う『つくし』き世に、なる？」

シェフは大きく頷きながら、大きなクリームパンのような手で、僕の手をぎゅっと握った。

「心もお腹も満ちる一皿を、お届けしたいと思いましてね」

テントの外から、小さな咳払いが聞こえた。

「その一皿、ただちにお願いしたいものです。お客さまがお待ちですよ」

シェフは、ギャルソンと入れ替わるように外へ出ると、鼻歌を歌いながらキッチンカーへのんびり歩いていく。その背中が、大きく見えた。

「デザートをお持ちいたしました。和栗のモンブランに、柿のガトーショコラ。エスプレッソとお召しあがりください」

銀のポットから、あつあつのエスプレッソを注ぐギャルソンを、織絵さんがのぞき込んだ。

「あの作品、どうしてここにあるんでしょう？　私たち、あの作品が観たくて美術館に行ったんです。でも展示替えでもうそこにはなかった。それが、どうしてここに？」

ギャルソンは、織絵さんと僕を順繰りに見て、にやりと笑った。

「それは驚きますね。もしこれが本物なのであれば」

「ああなるほど、複製画なんですね」

僕のひとことをギャルソンは肯定も否定もせず、ただ笑みを浮かべていた。たしかに、美術館に飾られるような作品が、街の片隅の店にあるはずはない。彼が立ち去ったあとも、織絵さんはまだ疑っているようで、絵にじっと目を凝らしていた。

「真贋《しんがん》を見分けるのはプロでも難しいっていうけど、この作品にはなにかを感じるんだけどな。本物にだけ宿る、特別な気配みたいなものを」

織絵さんの感じるそのなにかは、僕が美術館で感じたことと、似ているだろうか。あの濃密な、深いところがかがやいているような、あの感じと。

「この絵が、織絵さんが観たかった絵なんだね」

改めて、赤い背景に佇むふたりの女性の姿を見てみる。

「うん。私、山吹くんとこんなふうになれたらいいなって思ってて。一緒に観たかったの」

描かれたふたりは、友人か音楽仲間のように見える。少なくとも、愛や恋といった雰囲気ではなさそうだ。

僕は鞄の中の指輪を思った。残念ながら、出番はないらしい。

エスプレッソの苦みを全身で味わいながら、ガトーショコラをつつく。柿のねっとりした甘みと、洋酒の利いたほろ苦いチョコレートケーキが互いを引き立てて、大人びた味わいがした。

「私もいろいろわからないよ。おいしいソースがどうできるのかも、あの絵がなぜここにあるのかも。だけど、おいしいし、楽しい。わからないって、窓を閉めることじゃなくて、むしろ開くことなのかも。わかったときの楽しさやうれしさを、未来に預けるみたいなこと」

織絵さんはガトーショコラをあっという間に食べ終え、モンブランに取りかかる。その目が一瞬、大きく見開かれたように見えた。

「もしかすると、一生わからないのかもしれない。芸術には答えがないから。触れるたびに新しい発見に出逢う気がする。だから、飽きないのかも。ずっとわからないから、少しでもわかりたくて、ずっと面白く感じる」

織絵さんが語るのは、彼女自身のことのように思えた。

僕には彼女こそ、わからないから、少しでもわかりたくて、ずっと面白く感じられる。

「この絵も？」

「うん。同じ場所にいても、お互いに別な場所を見つめているところが好きなの。そういうひととなら、面白い毎日を過ごせそうな気がする。今日気づいたのは、正面を向いたこのひとが、ちょっと山吹くんに似てること」

「えっ」

「微笑んでるけど、なにか企んでそうな感じが、そっくり」

織絵さんがこの絵に見ていたのは、音楽家だとか女性同士という表面に描かれたことではなくて、もっと本質的な、ひとの在り方みたいなものらしい。僕はやっぱり、彼女のことがわからないと思った。そして、たぶんずっと、面白いと感じるだろうと。

モンブランにフォークを刺し入れると、予想外のさっくりとした手応えがあった。栗のクリームと生クリームに埋もれて、さくさくのメレンゲが姿を現す。それは秘密の宝物のようだった。

僕は、鞄の中の小箱に手を伸ばす。織絵さんに似合うだろうと選んだアクアマリンは、幸せな結婚という意味を持つそうだ。

「テーブルの上に赤いハートが描かれてるね。信頼の証かもしれないよ」

織絵さんは、あのとろけるような笑顔を僕に向けた。

「知識や背景を知るのも楽しいけど、私、山吹くん自身の言葉の方が、ずっと好き。さっき言おうと思ったの。もしかして山吹くんて、美術をもっと楽しめるんじゃないって」

織絵さんは絵の中のハートを見て、目を細めた。


どんな反応や返事がくるのか、僕にはわからない。

だけど、それを未来に預けてみようと思う。

ほんの少しだけ、絵の奥に秘められたあのなにかが、わかったような気がした。

このあふれるような、言葉にできない想いの欠片を、画家たちは筆に込めて、描き込むのではないだろうか。渦巻くような、うねるような、かがやく思いを、永遠に留めるために。

僕の差し出す手のひらの上、リボンの結ばれた小箱に、織絵さんが目を見開いた。

きっといま、絵画が、生まれる。

ギャルソンの昼食

〜クスクスの中でペダルを漕ぐ〜

大鍋の蓋を取ると、真綿のように白い湯気があふれ出した。

くつくつと静かな音を立てる深紅の液体から、ふくよかな香りが立ちのぼる。

とろ火で煮込んだヴァン・ショーのこの香りを吸い込むだけでも、体が芯からあたたまりそうだ。小さな紙コップをとろりと赤い液体で満たし、のどに流し込む。熟成した赤ワインのおいしさをベースに、ドライフルーツの甘酸っぱさとはちみつの甘みが、シナモンなどのスパイスの香気とともに、あたたかく体の奥へ流れ込んでくる。

キッチンカーと鍋を預かる時に、味見は一杯までと念を押されていなければ、あと二、三杯は口にしたいところだ。

僕がそれほどヴァン・ショーを求めているのは、紙コップが小さいからだけではない。

キッチンカーの外に広がる風景が、見渡す限り白銀の、雪景色だからだ。

こんもりと白い雪をかぶった樹々に、氷の張った池。除雪車が整備した通路がなければ、どこが道で、どこが庭園なのかも見分けがつかないほど、一面、真っ白に覆われている。

地面ばかりではなく、今にも降り出しそうな雪雲に覆われた空も、広場につくられた大きな雪の滑り台も、どこもかしこも、白のグラデーションに包み込まれている。

ここしばらく、そんな風景ばかりを見ていた。

翁捜しの旅は、早々に壁にぶち当たってもいた。

僕たちは〈あたたかい雪〉を、見つけ出さなくてはいけないらしい。ろくなヒントもない中、その言葉をたよりに雪を求めて、北海道から東北へ、北国を渡り歩く今、店のスペシャリテは、ヴァン・ショーになった。

雪国の夜は、寒すぎるのだ。

キッチンカーからテントまでのわずかな間に、料理はたちまち冷めてしまうし、雪が降り出してしまえば台無しになる。銀のフードカバーで覆ってみたところ、料理の蒸気が冷えて凍り付き、開かなくなった。

問題は、料理だけではない。防寒下着を山ほど重ね、体中にカイロを貼り付けたが、いつものスタイルでは立つことすら難しかった。かといって、羽毛布団のようなもこもこのダウンジャケットに身を包めば動きはどうしたって鈍くなる。まつ毛までが凍る夜には、指先が痛いほどかじかんで、カトラリーを取り落としそうになる。手袋をつけて臨んでも指先が滑り、こちらもうまくはいかない。

とてもではないが、慣れない僕たちに十分なサービスは不可能と、判断せざるをえなかった。もともと寒さに強いのか、ずっとキッチンカーの中にいるからか、窮状を訴えても有悟にはピンとこなかったらしい。どんなに言葉を尽くして説明するよりも、一杯のスープを預けて外に放り出した方が、理解が早かった。

かくしてビストロつくしは、雪国では、日暮れまで営業するにわかカフェになった。扱うのは飲み物ばかりで、エスプレッソとあたためたチョコレートドリンクのショコラ・ショー、そしてヴァン・ショー。

ヴァン・ショーは、西洋ではクリスマスの時期になじみの深い飲み物らしい。ドイツではグリューワインと呼ばれ、クリスマスマーケットで定番の飲み物として知られている。

本場ではアルコールを飛ばさぬように温度管理を徹底するそうだが、昼下がりまではあえてアルコール分を飛ばし、仕事や用事の合間にも飲みやすくしてある。そり滑りや雪の滑り台などで遊び疲れた親子が、ヴァン・ショーやショコラ・ショーで体をあたために立ち寄ってくれることも多くて、どちらも昼過ぎには大鍋の底が見えるほどになる。

変則営業にはメリットもあった。仕込んでさえおけば、店番は僕ひとりで十分。その間有悟は情報収集に動くことができた。


紅いヴァン・ショーが、最後の二杯くらいになった頃、雪道の向こうに有悟の姿が見えた。ただでさえ着ぐるみのような体形なのに、膝下丈の白いダウンコートとニット帽に身を包むと、いっそう大きくなって、焼けてふくらんだ餅みたいだ。色違いとはいえ僕のコートと同じとは思えないほどふくれている。

それもそのはずで、有悟はポケットにぱんぱんに荷物を詰めていた。

「めぼしい情報はなし。でもうまい具合に輸入食品店に出くわしたよ。昼はクスクスにしよう」

右のポケットからクスクスの箱を、左からラム肉のパックとセロリを、内ポケットからはニンジンやタマネギ、カリフラワー、マッシュルーム。ポケットというポケットから手品みたいに品物を取り出す。有悟にとってはコートのポケットとエコバッグは同義語らしい。

「久しぶりだよ、楽しみだなぁ。パリにいた頃は、よくクスクスを食べてたんだよ」

北アフリカや中東にルーツを持つ、粟粒のような極小のパスタ・クスクスは、フランスをはじめヨーロッパでも一般的な食べ物だという。

「職場の賄いでも出てきたし、自分でもよくつくってたんだよ。テオが——ほら前に電話してきた——彼が、つくり方を教えてくれたんだ」

有悟は調子はずれの鼻歌を歌いながら、いくつかのスパイスを乳鉢で擂《す》りつぶし、炒って香りを出す。僕がニンジンやタマネギなど野菜をざくざくと乱切りにする間に、有悟はフライパンを熱してラム肉を焼く。コツは脂身から焼き、全体にしっかり焼き色を付けることだそうだ。色付いたら肉を取り出し、根菜類を入れ、こちらにも焼き色を付ける。

すりおろしたニンニクとトマト缶を加えると、腹から悲鳴が聞こえそうなほどおいしそうな香りが広がった。トマトの酸味がやわらぐまで炒めて、炒ったスパイスを加えれば、あたりの空気までが、遠い異国の色に染まる気がした。僕は一歩も動いていないのに、芝居の背景が書き割りひとつで変わるみたいに、一瞬にして異国にいるような気分になる。

「ここに肉を戻し、水を加えて、三十分くらい弱火で煮込むんだ。その間に、クスクスを」

簡単なんだよ、と言うのは料理人の謙遜ではない。耐熱ボウルに移したクスクスに同量の沸騰したお湯をまわしかけ、少々のオリーブオイルと塩を加えて混ぜたら、ラップをして十分ほど蒸らすだけ。蒸し器で蒸したり、レンジで加熱すると、粉っぽさが消えていっそうおいしくなるそうだが、ラップで蒸らすだけの手軽さが、賄いや自炊の思い出と結びついているらしい。

よほど思い入れがあるとみえて、今日は一段と鼻歌も大きい。

「はじめて聴くな、その歌」

「そう？　有名なシャンソンだよ、『パリの空の下』っていう。パリの店の厨房では誰からともなく歌い出して、鼻唄の合唱になったんだ。でもずっと忘れてた。あんなに歌ってたのに」

有悟からパリでの暮らしについて聞くのははじめてだった。

仲が悪かったわけではないが、渡仏は前夜に聞かされ、パリ滞在中もほとんど連絡を取っていなかった。帰国時などひどいもので、アルバイト先のビストロに新しい料理人が入ると聞いてミーティングに出たら、フランス帰りの有悟がいた。

「パリでも、みんなと鼻歌を歌いながら仕事するくらい、順調だった？」

「まさか、逆だよ。言葉もよくわからないし、忙しすぎるし、失敗してめげてばかりで。最初の頃は鼻歌くらいしかみんなと同じにできなかったよ。落ち込んでるのを見かねて、日本人のお客さまがいらっしゃるたびに、テオが名前やようすを教えてくれたんだ。あとはずっとクスクスの中」

「クスクスの中？」

「物事がなかなか前に進まないことを、クスクスの中でペダルを漕ぐ、って言うんだって」

同僚テオが、クスクスのつくり方と一緒に教えてくれたそうだ。有悟はフライパンにカリフラワーやマッシュルーム、セロリの薄切りを加えた。あと十分ほどでできあがるという。

そういう苦労話を、東京の同じ店にいた頃にできていたら、今とは少し違う未来にいたのかもしれない。

片やフランス帰りの副料理長《スー・シェフ》。片やアルバイトの腰かけ給仕係《ギャルソン》。

すべてが順調であるはずないと今ならわかるが、有悟はいつもマイペースでのほほんと過ごしているせいで、悩んでいるようには見えないのだ。とくにあの頃の僕は日々に流されるばかりで、自分から手を伸ばして未来を摑み続ける有悟と、伸ばした手がたまたま摑んだものにしがみついてる僕とでは、なにからなにまで違っているように思えた。

活気のあるビストロだった。坂ばかりの町の迷路のような路地にある上、予約も取らない偏屈な店なのに、いつもお客さまであふれていた。開店時間に店先に吊るす、小さな星をひとつくり抜いたブリキのランタンが看板がわりで、お客さまの中には政財界や芸能界他、世の最前線で活躍するお顔もよくお見かけした。シェフはどんなお客さまも特別扱いをしなかったが、ひとりひとりを大切にしていたから、顔や名前を覚えるのが得意な僕は重宝がられた。本業のはずの舞台俳優の仕事よりもずっと、必要とされている気がした。

ひとには、向き不向きがある。僕は、セリフ覚えやアドリブは得意だったが、演技は下手で、舞台や映像のオーディションは軒並み落ちた。たまにもらえるのは通行人や死体の役で、台詞などひとことあればよい方。当然食えるはずもなく、アルバイトで暮らしを支え、乞われるままにシフトに入ると、舞台はどんどん遠のいた。そのうち声もかからなくなったが、それにも抗わない程度の情熱しか、持ち合わせていなかった。

僕にしかできないなにかが、あるわけじゃなかった。

そうしていつの間にか本業がこちらにすり替わってしまったものだから、どこか負い目がある。流されるままに生きている負い目が。自ら手を伸ばして摑むのと、手繰り寄せたものを握り締めるのとは違う、と兄の辿る道が証明しているように思えた。

勝手な劣等意識を覚えた僕は、有悟が最初の店を開く時、誘われたがついていかなかった。

「よし。そろそろいいかな。スープをクスクスにからめて食べるんだ。途中まで食べたら、アリッサを好みで加えてみて」

フライパンの火を止めると、有悟は胸ポケットから赤いペーストの入った小瓶を取り出した。

「ハリッサって書いてないか？」

「フランス語では言葉の最初にあるHは発音しないんだ。だから、アリッサ」

そんなふうに、僕の知らない世界をたくさん見聞きしてきたのに、有悟なりに悩んでいたのだろうか。能天気に鼻歌を歌いながら。

深い皿に盛り付けたクスクスはとても小さい。この中でペダルを漕いだなら、蟻地獄みたいに足場が崩れて埋もれ、ちっとも進まないだろう。

もしかしたら今も僕たちは、クスクスの中でペダルを漕いでいる。

あるかないかわからないほど小さな手掛かりをたよりに、翁を捜しているのだから。

＊

さすがの僕も、店で何度か話したお客さまに対して知り合いだと名乗れるほど、面《つら》の皮は厚くない。でも他に手立てはなかった。

「大丈夫。山科さんは、いつでも連絡してって言ってたから」

有悟はなんら心配しておらず、社交辞令を真に受けているらしかった。

世界的なピアニスト山科実ともなれば、そんな有象無象《うぞうむぞう》が湧いて出るらしく、演奏会を主催する音楽事務所には手慣れた体で断られた。

諦めようと諭すのも聞かず、有悟は音楽ホールの楽屋口にキッチンカーを停め、オニオングラタンスープの香りで山科さんを惹き付け、思い出してもらうことに成功した。たまには有悟の無茶が、役に立つこともあるものだ。

「翁のお話を聞かせてほしいんです。ご都合のよいところまで行きます。世界で一番おいしい料理をおつくりします」

「言うねぇ。世界で一番って、コンクールの受賞歴とかそういうこと？」

山科さんは、オニオングラタンスープにふうふう息を吹きかけながら、目だけをこちらに向けた。

「世界で一番おいしい料理は、すばらしい芸術と味わう料理だと私は思うんです。山科さんの心に響いてる音楽と一緒に、お召しあがりいただければと」

「ふうん、ピアノあるの？　あなたたちの店」

「いいえ」

「じゃ、用意しといて」

そうして山科さんは、関東ツアーの過密スケジュールの中、唯一のオフ日に来てくれることになった。ヴィルトゥオーゾのお眼鏡に適うピアノの手配から野外劇場の使用許可まで、そこからの数日はあまりに目まぐるしくて、どうやって乗り切ったか記憶に残っていない。そうしてあの贅沢な生演奏付きのビストロが、実現したのだった。

貝殻のような劇場のせいか、奏でるピアノの音が真珠色にかがやいているように感じた。

野外劇場での即興演奏を終えると、山科さんは有悟のシュー・ファルシに舌鼓を打った。丸ごとキャベツでつくる肉詰めで、切り分けるとキャベツと肉の層がきれいな縞模様になる。ブイヨンでことこと煮込んだ特製のソースが、とりわけお気に召したようだ。

「翁にはだいぶ長いこと世話になったから、恩返しね。あのひといつも言うでしょう、恩は自分じゃなくて他のひとに返せって」

山科さんは、翁から支援を受けた中でも、古株だという。

「だけどボクも、翁本人には、会ったことがないんだ」

最初の出会いはまだ十代の頃、三十五、六年も前だそうだ。ある音楽コンクールで評価が分かれ入賞を逃した山科さんの元に、翁からの手紙を携えたマダムが現れたのだという。

「カデンツァって、知っているかな。協奏曲などにある即興演奏の部分。即興とは言っても、名演奏家や作曲家自身の譜面が残されていて、演奏家はその中から選んで演奏することが通例なんだ。ましてや若造が自作カデンツァを演奏するなんてのは、当時あまりね。評価はご存じの通りだけど、翁のおかげで海外の音楽院で学べたから、今のボクがある」

今や引く手あまたで、海外を拠点に、世界の山科と呼ばれるクラシックピアノ界の重鎮だ。

「自分が好きなことに魂を尽くせば、共鳴してくれるひとはいるんだって、若いひとにはいつも言うんだ。仕事柄共演することも多いから、翁の世話になったってひとが声をかけてくれる。もしかしたらボクはマダムの次に多く、かぐやびとに会ってるかもね。シェフのお店に行った時も、たしか共演のかぐやびとの」

「はい、チェリストの早坂《はやさか》さんとご一緒でした」

世界的な音楽家たちが来たと、店のスタッフ全員で記念撮影をしたらしい。有悟はそこで山科さんらと出会い、その時にはじめて、翁のことを知ったのだそうだ。

「マダムから江倉シェフの店のことを聞いた時、ボクはとっくの昔に食べたことあるよって自慢したんだよ」

翁を捜したいと話すと、山科さんは腕を組んで、苦笑いした。

「これまでも何人かが興味本位で捜してたけど、見つかったとは聞かないな」

山科さんは、小さな革の手帳を取り出すと、なにかを書きつけた一枚を破り、差し出した。

「三人寄れば文殊の知恵っていうから。もし翁が見つかったら、ボクも会いたいって言っておいてよ」

かつてのかぐやびと、数人の連絡先だった。

名の通った私立美術館の、楡原滋《にれはらしげる》館長もそのうちのひとりだった。

山科さんの頼みとあって挨拶に訪れることができたものの、あまり協力的には見えなかった。

仕立てのいい三つ揃いに身を包んだ銀髪交じりの紳士は、館長室の大きな執務机に肘をついて値踏みするような視線を投げかけてきた。

「お話しできることは、ないこともありませんが」

むしろ楡原館長の対応の方が普通で、山科さんが人並み外れてフレンドリーだったのかもしれない。

山科さんの話では、マダムがパリで過ごす家を訪れたことがあるとのことだった。

「家というか、お屋敷ですね、あれは」

学芸員時代に翁の支援を受けた館長は、パリにあるマダムのお屋敷で、絵画や漆器のコレクションを見たそうだ。その時の研究成果が彼を飛躍させる足掛かりとなったという。

「すばらしいコレクションでしたよ、今でも思い出すとのどから手が出るほどの。散逸してしまったのが惜しい限りですが、いくつかは当館にも。今は貸出中ですけれども」

有悟が、世界で一番おいしい料理を食べてほしいと話すと、楡原館長は鼻先で笑った。

「翁ご自慢の腕利きの料理人だそうですね。お手並み拝見いたしましょう。もしも意に染まないようなら、お話は、なかったことに」

館長は分厚い手帳のページを繰り、日時と場所を指定した。手帳からは航空券のチケットスリーブがいくつも飛び出していた。

約束の日、指定された場所ではマルシェが開かれていた。あふれる地元の特産品に有悟が小躍りしていた。楡原館長は小柄な女性を伴い、予定よりもずっと早く、開店準備も整わない昼下がりにやってきた。先日のようすから、早く来たのは意図的で、挑戦なのだろうと受け取った。僕は気をいっそう引き締めて、一番奥のテントに丁重にご案内した。あの漆の箱を飾ったテントだ。その後有悟に、協力を得るために、とびきり豪華で特別な料理を出すよう、小声で持ち掛けた。

「豪華で特別なものねぇ」

当の有悟はおっとりとしたもので、緊張感のかけらもない。

「仕込みもまだ終わってないだろ？　必要な材料があれば僕が買ってくる。近くに百貨店があったはずだ。フレッシュトリュフとかフォアグラ、オマールブルーが手に入れば」

「いや、いらないよ」

「だって協力が得られなかったらどうするんだ。わずかな情報だってないよりましだ」

「うん。でも、翁の関係者だろうが、はじめてのお客さまだろうが、同じだよ。いつも通り、今日出せる最高のお料理を、おひとりおひとりにつくる。それで十分」

やきもきするほど頑固な有悟は、僕がいくら説得しても、首を縦には振らない。

そうしている間も、館長たちは奥のテントから、こちらを窺っていた。おすすめした旬のフルーツシャンパンを断り、ベルギービールをちびちび飲みながら、キッチンカーの有悟の一挙手一投足を注視している。開店準備やサービスについても、いちいち審査されているかのようで、落ち着かない。

この状況で、有悟がつくったスペシャリテは、地味な茶色の、肉の煮込み料理だった。お出しする際、落胆が顔にも声色にも出ないように、必死に平静を装った。サーヴする際には館長の顔が見られなかった。

館長の口からは、案の定、大きくて長いため息がこぼれた。

「カルボナード・フラマンドとは。世界で一番おいしい料理とは、これですか」

終わった、と思った。

翁の情報は諦めるしかない。取り繕うべきか。店の者として毅然とあるべきか。必死に思いめぐらす僕の耳に、笑い声が響いた。

「いや、愉快だ。翁が見込んだだけあります。私のヴラマンク贔屓《びいき》をどこで知ったんです？」

まったく話が見えなかった。しかし、せわしなくカトラリーを動かす楡原館長は、これまでとは別人に思われるほど上機嫌になり、ひとくちごとに料理を賛美する。どうやら僕たちは彼のお眼鏡に適ったらしかった。

カルボナード・フラマンドは、フランドル地方と呼ばれる北フランスやベルギーなどの郷土料理で、牛肉を黒ビールで煮たものだ。それがどうヴラマンクとつながるのか、疑問に思っていたのが顔に出たのだろう。お連れの手賀《てが》さんという女性が、丁寧に教えてくれた。

「ヴラマンクとはフランドル人という意味だそうです。お父さんがフランドル出身なので」

そこから、楡原館長による美術講義がはじまった。ヴラマンクは野獣派《フォーヴィスム》の画家のひとりで、マティスとも親交があったとか、セザンヌから影響を受けたとか、それ自体は興味深かった。セザンヌがいかに偉大かを語りはじめると話はさらにふくらみ、手賀さんが止めに入ってくれなければ、僕は棒立ちのまま一時間ほども聞き続ける羽目になったろう。

日が翳りはじめたと気づくと、楡原館長は手賀さんを促して腰をあげた。

「お待ちください、まだデザートを」

「もちろんいただきましょう。その前に少々、飾り付けを」

そうして五つのテントに絵画が飾られた。手賀さんは展示や梱包、輸送のエキスパートで、展示替えで引きあげたマダムのコレクションの一部を、万全の配慮を尽くして展示してくれた。

「これで、芸術とお料理を味わう、世界で一番おいしいお料理を、満喫できるでしょう。くつろぎながら好きな絵画と静かに語らうのが、至福のひと時だとマダムは言っていました。恩返しは他のひとへとも言っていましたし、誰かに同じように見てもらえたらせめてもの弔いになるでしょう。ま、誰も本物だとは思わないでしょうし」

実際お客さまたちは、絵画を楽しまれていたが、熱心なふたり連れを除けばそう気にしてもいなかった。熱心なおふたりには絵のことをたずねられて焦ったが、なんとか切り抜けたはずだ。こういう時ばかりは、役者の経験が役に立つ。

有悟に、ヴラマンクのことを知っていたか聞くと、ぽかんと口を半開きにした。

「いや。でもベルギービール好きなら、気に入る料理かと思って」

「お気に召したようだよ。テントに絵画を飾ったり、セザンヌの講義をしたりするほど」

「セザンヌか。セザンヌには、私もつねづね思うところがあるんだ」

芸術を愛する男だとは思うが、セザンヌにそれほど思い入れがあるとは。

一緒に育つ時にはそんな素振りもなかったのだから、翁との出逢いが、有悟を芸術に親しませたのかもしれない。真剣に考える横顔は、いつになく凛々しく見える。

「あのりんご、どうやって食べたと思う？　何十個も描かれてる絵もあるでしょ？　あれだけの量を、おいしいうちにきちんと食べようと思ったら、一筋縄じゃいかないはずなんだ」

期待外れというか、安心するというか、有悟はやはり有悟だった。やつの脳は胃袋にある。

「さあ。『りんごひとつでパリを驚かせてやる』って言ってたと、さっき館長から聞いたが」

ひとつどころか、セザンヌは生涯に六十点以上のりんごの絵画を残したそうだ。

「タルトタタンじゃないだろうか」

有悟は真剣そのもので、半ば呆れている僕にはまるでお構いなしらしい。

「パリの店のシェフ、私の師匠のタルトタタンはね、一ホールつくるのに二十個ほどのりんごを使うんだ。ほんとうにすばらしくて、颯真にも食べさせてあげたいけど、私はつくり方を教わる前に帰国してしまって。師匠も店を閉じてしまったし」

うっとりしては手を止める有悟をせかして、僕は自分の仕事に戻った。

他のお客さま全員が帰路に就くまでに、楡原館長と手賀さんは、デザートやチーズの他、ビール六本とワイン二本を腹に収め、舌が実になめらかになっていた。絵画の梱包を終えた彼らの元に有悟と赴くと、マダムの思い出話に、洟《はな》をすすっているところだった。

「電話や手紙では連絡していましたが、最後に会ったのはもう十五、六年前になるでしょうか。モネを観た時以来ですよ。あれはなんだったかな、雪景色の絵でね。翁とマダムの故郷の雪の話を、なつかしそうにしていました」

「故郷？　翁の故郷をご存じなんですか？」

有悟のあまりにも大きな声に、楡原館長はびくりと身を震わせた。

「具体的な場所はわかりません。ですが、故郷に〈あたたかい雪〉があると聞きました」

「あたたかい、雪、ですか」

それがなにを意味するのかはわからないが、雪の降る地域というだけで、捜すべき場所はぐっと絞られる。もしかすると翁は今もその故郷にいるかもしれないし、そうではなくてもゆかりのひとなど、翁につながる情報に出逢う確率だって、他に比べれば高いはずだ。

「それが楡原館長のおっしゃっていた、お話しできること、なんですね」

「いや、それを忘れていましたよ。舞台関係者にはもう会いましたか？　翁が近年支援していた青年が、演劇祭を立ちあげたとか。たしか瀬戸内の方だったかと思いますが、もしかすると彼が、一番新しいかぐやびとかもしれません」

僕たちは顔を見合わせた。次に目指すのは、その演劇祭だ。

「ところであの見事な漆工芸、譲っていただく気はありませんか？」

楡原館長は、キャビネットに飾ってある六角形の漆の箱を指さし、目を光らせた。

「美術的にも高い価値のある作品とわかります。もちろん館内の会議にかける必要はありますが、相応の対価は用意しましょう。あれほど繊細な螺鈿細工も、細部まで行き届いた金蒔絵も、そうそうお目にかかれるものではありません。じっくり研究してみたいものです」

「あれは、翁に返すつもりで。というか、そのために翁を捜していて」

有悟がそう伝えると、楡原館長は一瞬しょげかえったものの、すぐに気を取り直した。

「では、翁が見つからなかった際には、ぜひともご連絡を。健闘を祈りますよ」

成否どちらを祈っているのだか、楡原館長は有悟と僕と握手を交わすと、賑々しくテントを出る。後に続いた手賀さんが、肩をすくめた。

「お気を悪くなさらないでくださいね。悪気はなくて、うつくしいものが好きすぎるんです」

＊

フライパンの蓋を取ると、肉と野菜とスパイスの魅惑的な香りが広がった。

クスクスの入った深皿に、スープたっぷりに盛り付ける。刻んだパセリの鮮やかな緑が、無骨なほどごろごろとした肉と野菜に降りかかると、他になにも考えられなくなった。

すくったひとさじを冷ますわずかな間さえ待ちきれず、熱いままをほおばる。

クスクス自体には特徴的な味わいがあるわけではないが、スープにからめるとおいしさが幾重にも引き立ち、具やスープをそのまま食べるよりも、うまみを感じた。味の凝縮した野菜や、ラム特有の香りごと味わっていると、時にスパイスがぷちぷちと舌に触れる。嚙めば香りの粒が弾け、味わいにアクセントが加わり、食べはじめたばかりなのに、もう食べ終えるのが惜しくなる。

「有悟、これおかわりある？」

「もちろん。夜も食べられるように、たくさんつくったんだ。実は相談があって。今日は夜も、店を開けたいんだ」

「夜も？　飲み物を？」

「今夜、広場でイベントがあるらしい。ミニかまくらにろうそくの火をともして飾るんだって。きっと寒いよ。あったまれるものがひとつでも多い方がいいと思って」

そこでビジネスチャンスを感じるよりも、あたたまれるものを、と考えるのがいかにも有悟らしい。午後の仕込みを終えたら、夜営業分の材料を調達してくるという。


仕込みを終え、有悟が買い出しに出かける頃には、空が一段と暗くなっていた。重たげな灰色の空が、機嫌を損ねたみたいに翳り出す。

この町にも、翁にかんする新しい情報は、なさそうだ。それは、山科さんに紹介してもらった他のかぐやびと、指揮者の咲谷《さきや》さんや、画家の高橋さんについても同様で、かつて支援を受けていた時のことを聞くことはできたが、翁の今を知るひとはいなかった。

楡原館長から聞いた演劇祭は初夏に行われるらしい。それを目指し南へ向かうとしても、開催までの間、どこをどのように捜すべきか、悩ましかった。

こぼれるため息に重なるように、呑気なトイピアノの着信音が響いた。ディスプレイに表示される電話の主は、楡原館長だった。

「ビストロつくしです。お久しぶりです、館長。先日はありがとうございました」

《「かささぎ」です》

相変わらず、まったく話が見えない。電話の向こうはなにやら賑やかで、拍手が聞こえる。

《ああ、賑やかで申し訳ありません。地元の交響楽団の演奏会がたった今終わったところです。あれから文化・芸術とともに味わう「世界で一番おいしい料理」が、すっかり気に入りましてね。時に、翁は見つかりましたか？》

近況報告ついでにあの箱のようす伺いとでもいったところだろうか。

「いいえまだ。楡原館長に教えていただいた〈あたたかい雪〉を探しているところです」

札幌《さっぽろ》や弘前《ひろさき》、横手《よこて》、米沢《よねざわ》などのよく知られた雪まつりから、スキー場での小さな催しまで、大小さまざまな雪まつりをまわってきたが、めぼしい情報には出会わなかった。ましてや、雪をあたたかいと感じたことなど、一度もない。

《なるほど。今日の演奏会、アンコールが「泥棒かささぎ」序曲でしてね。はっとして、ロビーに飛び出してきたところです。思い出しましたよ。マダムと見た絵画は「かささぎ」。オルセー美術館にあるモネの作品で、白を基調とした雪景色に黒いかささぎが一羽佇む作品です。なにか、ヒントになればと思いましてね》

あのとき話していた絵のことだ。マダム・ウイが〈あたたかい雪〉の話をしたという、故郷につながる風景画。

《西洋では、かささぎは、前兆を表す鳥です。職務的には、翁が見つからない方があの美術工芸品とお近づきになれるのですが、個人的には翁にも「世界で一番おいしい料理」を食べていただきたいと思いますよ。翁は東京で口にして以来でしょうから》
「今、なんと？　東京とおっしゃいましたか？　パリではなく？」
《マダムは電話でそう話していましたよ。パリでも美味だったが、翁が東京の店でも味わい、支援を申し出た料理人だと。……どうしました？》
「パリ時代のお客さまだと思い込んでいたんです。東京の店にいらしていたのなら、僕が接客しているかもしれないと」
僕が接客したことのあるお客さまなら、見かけたら、すぐにわかる。
もしかしたら、僕にもできることはあるのかもしれない。
特別な才能に恵まれたわけでもなく、自ら手を伸ばしたのでもなく、流されて生きてきた僕でも、その日々に培われた、僕だけにできることが。
楡原館長は、静かに言った。
《ヴラマンクの墓碑にはこう刻んであるんです。「私は、決して何も求めてこなかった。人生が、私にすべてのものを与えてくれた」と。翁に会えても会えなくても、あなたがたが得るなにかは必ずあるはずです。ま、それは私も同じですが。また会えるのを楽しみにしていますよ》
――私は、決して何も求めてこなかった。人生が、私にすべてのものを与えてくれた。

僕はその言葉を何度か頭の中で繰り返した。

なにか熱い塊がせりあがってきて、鼻の奥がしびれる。

声がくぐもるのを悟られないよう、早口で礼を口にしながら、僕は、電話の向こうの楡原館長に、深々と頭を下げた。


ウェブで調べてみると、モネの「かささぎ」はすぐに見つかった。

マダム・ウイが〈あたたかい雪〉を思い浮かべたのも、頷ける気がした。一面の雪景色は、僕の目の前に広がる風景とそう変わらない。きっとこの場所も凍てついた空気に包まれているはずなのに、画面には光が満ちて、あたたかみを感じさせる。

一羽の小さな黒いかささぎは、寒さに耐えているというよりも、冬の晴れ間でひなたぼっこを楽しんでいるみたいに僕には見えた。

置かれた環境に抗うのでもなく、捨て鉢にもならず、今を受け容れて生きているように。

その凜とした姿は、さきほど教わったヴラマンクの言葉とも、重なるように感じた。

遠くからとぼとぼ歩いてくる有悟は、僕の見間違いでなければ、そりを曳いていた。

プラスチック製の赤いそりに、段ボール箱や白いビニール袋が積みあげられ、相変わらずコートのポケットもぱんぱんにふくらんでいる。しかし、ポケットは有悟の無茶に耐えられなかったようだ。内袋が破れ、白い道に赤い球体がいくつも転がり落ちた。それは真っ赤なりんごだった。

駆け寄って拾い、そりに積まれた段ボール箱に載せると、ワインボトルがいくつか目に入った。

「白ワイン？」

「夜のヴァン・ショー、せっかくだから、白いヴァン・ショー・ブランもつくろうと思って」

一般的なヴァン・ショーは赤ワインでつくるが、一部の地域では、白ワインを使ったのもあるそうだ。有悟はそりをキッチンカーまで曳いてくると、白ワインに、ショウガやはちみつ、シナモンスティックとたくさんのりんごを厨房に運び込んだ。

仕込んだヴァン・ショーを、いつもよりも弱めの火にかける。

「温度、低くないか？」

「寒くなるし、もう夜だから。アルコール分を飛ばさない本来のヴァン・ショーの方があたたまる。ショコラ・ショーも、ご希望の方にはラムを加えてお出ししよう」

楡原館長からの電話の内容を伝えると、翁が東京の店にも来ていたことに、有悟は驚いた。

「だから、もしかしたら、僕も役に立てるかもしれないんだ」

有悟が、じっと僕を見た。

「颯真は、いつも役に立ってくれてるよ。私だけじゃ店はできない。〈あたたかい雪〉って言われたって、どこを探したらいいかも思い付かない」

「それは僕もいまだにわからないけど」

モネの「かささぎ」を見せると、有悟は息を止めるように、その絵に見入っていた。

「〈あたたかい雪〉か。この黒いカラスはなにを見てるんだろうね」

「かささぎだ」

有悟は肩をすくめて、りんごを皮付きのまま櫛切りにし、大鍋に並べる。ショウガの薄切りとはちみつ、少量のシナモンスティックを加えて白ワインでたっぷり満たし、火にかけた。

「これだけたっぷりりんごを使えるなら、もしかしたらセザンヌもつくったかもね」

「りんごのヴァン・ショーを？　タルトタタンじゃなく？」

「本当のことはわからないけど。そういう隙間って想像するのが楽しいでしょ？　さ、颯真。ワインクーラー持って、ついてきてよ」

有悟はワインボトルと大きなアイススコップを手に、キッチンカーから飛び出した。

銀色のバケツ型のワインクーラーを手にあとに続くと、有悟はキッチンカーのすぐ横にしゃがみ込んで、アイススコップで雪をすくう。それをワインクーラーにぎゅうぎゅう詰め込んで満たし、真ん中に思いきりワインボトルを差し込んだ。

「この寒いのに、わざわざ冷やすのか？　そもそも出すのはあたたかいのだろ？」

有悟はにやりと笑うと、ワインを取り出し、一部の雪を掻き出して、ワインクーラーをさかさまにする。

そっと持ちあげたワインクーラーの下には、小さなかまくらができていた。

「せっかくならさ、参加しようよ、私らも」

破れていない方のポケットから有悟は小さなティーキャンドルを出して、ミニかまくらの中に入れた。キッチンカーのまわりにいくつものかまくらができる頃には、日はすっかり暮れていた。広場にもバケツを抱えたひとの姿が増えていた。

「そろそろだよきっと」

やがて広場に、小さなあかりがともり出した。

かまくらに、ひとつずつあかりが満ちていく。ぽうっとやわらかな光で埋めつくされた広場は、幻想的だった。

でも、それ以上に僕の心をゆさぶるのは、この風景が、取るに足らないふつうのものでできていることだった。

バケツに詰めた雪を逆さにしたり、ペットボトルや酒瓶で空洞をつくったり、ライトアップに使うものはどれも、特別なものではなく、身近にあるささやかなものばかりだ。そこに加えた少しの工夫で、特別なものができあがる。

ささやかなものたちが生み出す特別な景色は、僕にはとても、うつくしく見えた。

特別ななにかを持っているわけじゃなくても、流される日々ばかりでも、その時々にしっかりと根を下ろして過ごす一日が、ある時なにかのきっかけで特別な景色を見せてくれる。そんな生き方だって、きっとそう悪くない。

「ミニもいいけど、一度大きなかまくらにも入ってみたいよね。あったかそうだし」

「あったかい?」

「うん。雪に断熱効果があるんだって。ミニかまくらのつくり方を教わった時に聞いた」

「〈あたたかい雪〉って、かまくらってことか?」

僕たちは顔を見合わせた。

「たしか、かまくらが立ち並ぶところが他にもあったよな?」

「たしか、かまくらで鍋を食べられるところがあったよね?」

同時に話した声が重なり、後半は互いに聞き取れなくて、笑ってしまう。

キッチンカーに戻ると、白いヴァン・ショー・ブランがりんごの皮で色付き、雪あかりのような、あたたかな色になっていた。

シュヴァリエのクラージュ

地鶏のコンフィ

――相手のことが知りたい。
――だけど、聞けない事情がある。そんな時、どうします？

春先に参加した演劇ワークショップでのあの言葉は、今の私の状況を予言していたんじゃないだろうか。

カレーの香りが漂うキッチンで、電話を切るなりエプロンを外しはじめた妻の背中を見つめながら、私はあの言葉を思い出していた。

智沙《ちさ》はせわしくカレーを皿によそって、テーブルに着くと同時に猛烈な勢いで食べはじめた。そんなに慌てなくても、と声をかけようか迷って、結局やめた。

「ちょっと出かけるね。ウォーキングの予定だったから」

「雨降りそうだよ」

「傘あるから」

なにもそんな時に出かけなくてもと思うのだが、智沙は、食べ終えるなりスポーツウェアに着替えて出ていった。いつもより念入りな化粧のために、コアラのようなつぶらな瞳がひとまわり以上大きくなっていたのを、私は見逃さなかった。

玄関ドアが音を立てて閉まるのを確認してから、ため息と一緒に吐き出す。

「予定があったんなら、どうして、生煮えなんだよ」

カレー皿に小山のように横たわる丸ごとじゃがいもは、真ん中が生煮えで硬かった。煮込み時間の見積もりを間違えているに違いなかった。予定があったのなら、せめて小さく切りはしないか。だいたい、リビングとの境に吊るしたカレンダーには、予定がなにも書かれていない。百歩譲って忘れていたのだとしても、いつもの智沙なら、生煮えに気づきそうなものだ。きっとじゃがいもを食べなかったのだ、それだけ早く、家を出るために。

さっきの電話のせいに違いない。

呼び出されたのなら、なぜそうと言わないのか。

理由を知りたいことは他にも山ほどある。スポーツウェアやシューズを一式新調したことも、念入りな化粧も、近頃なぜか若返って見えることも。

聞いてみたい、聞けるものならば。

妻が素っ気なくなり、会話が事務連絡ばかりになったのは、私の失言のせいなのだ。

半年前、私たちは長いこと続けてきた不妊治療に終止符を打ち、家族ふたりで過ごしていくことを決めた。ふたりだけの家族だって、十分にしあわせな人生を送れるはずだと、そう伝えたかったのだが、言い方がまずかった。

「ふたりいれば十分だ。ひとの出逢いは足し算じゃなく、掛け算だと思う。足し算よりもっと世界が広がるよ」

智沙はにこりともせずに、呟いた。

「そうね。一＋一は二だけど、一×一は一のままだよ。広がらない」

しまった、と思ったが一度出た言葉は取り消せない。あれこれ言い繕ったが甲斐もなく、智沙はことあるごとに、広がらない、とため息をつき、あまり笑わなくなった。話すことも減り、会話は最低限の予定の確認や調整ばかりになった。

あれほど注意を払って生きてきたつもりなのに、私はまた失言したのだと思った。

十五年ほど前、私はひとりの若者の人生を狂わせた。

高校教諭になって数年目、はじめての進路相談だったからか、やけに力んでしまい、失言で出願直前の生徒を迷わせてしまった。学年首位常連の優秀な生徒で、本人も保護者も医学部を志望していたし、学校側も期待をかけていた。彼の心変わりは保護者だけでなく校長も巻き込む大騒動になり、結局はもともとの志望先に進学したが、夏頃には大学を辞めてしまったと聞いた。

教師はよき役者であれ、と説教をくらったのも、あの頃だ。教員免許更新講習で演劇ワークショップに参加したのも、それを思い出したからだった。

――相手のことが知りたい。

――だけど、聞けない事情がある。そんな時、どうします？

松葉《まつば》先生、と指名されたが、言葉に詰まった。なにしろ事情を聞けたあの進路相談の時でさえ、私は失敗したのだから。講師の植芝《うえしば》さんは、こう続けた。

――なってみるんです。そのひとに。そうしたら、少し気持ちがわかるかもしれない。

三十代に届くかどうかという植芝さんは、演劇はコミュニケーション能力も磨いてくれると言った。想像力を働かせ、知識と経験を総動員して、自分と重なる部分を見つけてみればいい、と教わった。

妻に「なってみる」としたら、どうだろう。

智沙は世話好きで、ひととかかわるのが得意だ。話好きでひとなつこいから、誰とでもすぐ打ち解ける。言葉の通じない幼児や犬猫にも構わず話しかけるのだが、雰囲気が伝わるのか、なつかれることが多い。

ああ、だから、私と話さなくなった分、どこかの誰かと電話で話しているのかもしれない。電話の相手が誰だか知らないが、敬語交じりの丁寧な口調から、古くからの友人や親兄弟ではなさそうだ。長くなる時はたいてい自室に行ってしまうから話の内容はわからないが、深刻そうな時も、楽しげな笑い声を立てている時もある。

私だったらどうだろう。深刻な話も楽しい話も共有できるのは、家族や親族、同僚以外には、よほど親密な相手しか、思い浮かばない。

電話や外出が増えたのは、ここ二か月ほどだ。夜道を歩くだけなのに入念に化粧するのだから、誰かと会っているのは間違いない。化粧が変わったと口にしようものなら、私が変わらなすぎると反撃をくらうのも目に見えている。なにせ髪型も体形も、年相応にくたびれた以外は、学生時代からそう変わらない。だからというわけでもないだろうが、心なしか、私への態度もよそよそしくなった。

それらの事実からおぼろげに浮かぶ疑念を口にしてしまったら、私たちはもう家族ではいられなくなるだろう。

それを直視する勇気は私にはなくて、年度末や新年度の繁忙期を言い訳に、向き合うことを避けてきた。

ビールを片手にリビングに移動し、職場から持ち帰った書類をコーヒーテーブルに広げると、深い緑色の封筒が滑り落ちた。

裏に返すと、劇団マーブルフラワーのハンコの下に、植芝さんの名が記されている。お時間あればぜひ、とだけ走り書きされた手紙に、演劇祭のチケットとチラシが同封されていた。あの明るく朗らかな植芝さんが、本気で演技したらどうなるのだろうと、興味が湧く。

カレンダーに予定はない。演劇祭と書き加えていると、玄関が開く音がした。

今日は早かったらしい。

ウォーキングから帰ってくる時間はいつもまちまちだ。なかなか帰らない日もあれば、目を赤く腫らしてすぐに帰宅する日もある。どうしたのか聞いても、智沙は大丈夫としか答えない。そういう時、どうするのが正解なのだろうか。そっとしておくべきか、夫として緊密にコミュニケーションをとるべきか。

リビングに入ってきた智沙と目が合って、咄嗟にチケットを差し出した。

「おかえり。もらったんだけど、どう？」

智沙はしばらく考えてから、首を左右に振った。

「この日、大事な予定があるの。ごめんなさい」

カレンダーには、予定は書かれていなかった。

どんな予定かと聞いたところで、またはぐらかされるだろうか。

だが、もしも私の疑念が的を射ているのなら、聞いてしまえばやぶへびになる。だから彼女も話さないのかもしれない、今のところは。

それを話す時は、きっと私たちの関係が大きく変わる時なのだろう。

智沙の一連の変化は、どうしても、ひとつの考えに辿り着く。

彼女は、浮気しているのではないだろうか。


植芝さんの劇団は、廃校になった小学校で上演するらしい。

チラシによれば、演劇祭期間は、市内のいくつかの劇場や教育文化施設の他、旅館などでも、演劇が行われるという。プロ、アマチュアそれぞれの劇団の他、地元高校の演劇部なども参加して、シェイクスピア劇やミュージカル、舞踊劇、宮沢賢治作品の翻案劇など多彩な舞台が観られるそうだ。

大きな写真入りで扱われているところをみると、劇団マーブルフラワーは目玉企画のひとつらしい。

最寄駅からは、丘の上の廃校に向かう無料送迎バスが出ていた。くねった坂道をのぼるバスの窓外は、市街地から新緑に包まれた山と田畑へと、まわり舞台みたいに移り変わった。

廃校はお祭りらしく華やかに飾られ、敷地を囲うフェンスのそこかしこに、風船が括りつけられていた。フェンスに沿って、小さなサーカステントやキッチンカーも並んでいる。校庭の特設ステージでは汗だくの劇団員たちが舞台装置の設営を進め、揃いのTシャツを着た演劇祭スタッフが客席のパイプ椅子を並べている。

そのまわりでは派手な衣装のピエロが子どもに風船を配り、逃げられたり、泣かれたりしていた。ピエロはその都度、全身でおどけるものだから、次第にあちこちから子どもたちがまとわりついて、あとをくっついて歩くようになる。

そうなるとピエロは、親を手招きして、木造校舎の一角にある臨時店舗へ誘導し、ソフトクリームや草餅、サンドウィッチを紹介してみせて、休憩用の空き教室を指さす。子どもたちの関心はあっという間に食べ物に移って、ピエロは小さく手を振りステージへ駆け戻る。たいした商売上手だと、思わず笑ってしまった。

すれ違いざま、ピエロは私の横でぴたりと足を止め、顔をのぞき込んできた。からまれてはたまらないと慌てて歩みを速めて、体育館を目指す。

目当ての舞台は、体育館を改築した劇場で上演されるという。目玉企画だけあって、席はほぼ埋まり、空席を見つけるのが一苦労だった。席には演目のあらすじや配役と、俳優の写真を掲載した簡易パンフレットが置かれていた。ワークショップ時とはまるで印象の違う、表情を引き締めた植芝さんが、そこには写っていた。

上演される「みんな我が子」という作品は、二十世紀を代表する劇作家アーサー・ミラーの代表作のひとつらしい。

幕が開くと、こざっぱりとした一軒家とその裏庭の、平和な風景が広がっていた。

新聞を手にした初老の男が植芝さんだと気づき、目を瞠った。明るく朗らかな青年の面影は感じられず、立ち歩く姿も声色も、私よりずっと年嵩《としかさ》の、落ち着いた男としか思えない。

変幻する彼の表情を見つめているうちに舞台に引き込まれ、自分も隣人として彼らの庭の片隅に同席し、はらはらと事の成り行きを見守っている気持ちになる。

徐々にあぶり出されていく家族の秘密と、全身全霊で男を生ききる植芝さんにいつの間にか意識が同化して、私は追い詰められる男の人生に深く入り込んでしまったように錯覚する。お前はどうなのだ、どうするのだと、自分自身にも厳しい問いを投げ掛けられている気がして、鼓動が重く体に響いた。

芸術は時に、なにげなく過ごす日々を一気に塗り替えるような、鋭い切っ先を突き付けてくる。

幕が閉じ、拍手がこだまする中、私は椅子から立ちあがることもできなかった。

観客を出口で見送る植芝さんは、あの朗らかな笑顔で挨拶してくれたのだが、大きななにかが体の奥で脈打ち続けていて、どうにも落ち着かない。

舞台上の空気を引きずったまま外に出ると、夕雲がいつもよりずっと赤く見えて、ひどくのどが渇いているのに気づく。

その時、視界の端で、なにかが弾けたかと思われた。

サーカステントとその周囲に、一斉にイルミネーションがともったところだった。

*

フェンスにからまるイルミネーションが、枝垂れ桜のように光の枝を伸ばして、くすんだ水色と生成色のサーカステントを照らしていた。

六つほど並んだテントの端には、黒塗りのキッチンカーが停まり、黒服のギャルソンが行き来している。ワインボトルを載せた銀のトレイが、イルミネーションを反射してきらりと光った。飲食店らしい。私は、その光に吸い寄せられるように、店の黒板に近づいた。

ビストロつくし、という店だ。

フランス語らしき料理名はよくわからないが、メニューには名残の春野菜と走りの夏野菜が肩を並べていて、季節の変わり目なのだと感じた。最後に小さく書き添えられた、数量限定のスペシャリテあります、という一文に心惹かれる。だが、観劇後はすぐ帰るつもりで、夕食は家で食べると智沙に伝えてしまっていた。

「飲み物と、軽いつまみくらいじゃ、迷惑だろうな」

「いえいえ、よろしければどうぞ」

独り言への返事に驚いて顔をあげると、いつの間にかすぐそばに、あのギャルソンが立っていた。

「この地域の食材にシェフが魅せられまして、前菜も多くご用意しています。お酒に合うものを見繕ってお出しできますよ。お飲み物も、おすすめの旬のフルーツシャンパンをはじめ、取り揃えております」

その言葉に釣られ、私はイルミネーションが額縁のように飾る入口から、サーカステントの中へ足を踏み入れた。


ここも舞台の一部だろうかと見紛うほど、現実離れした空間が広がっていた。

シャンデリアが華やかな光を放ち、凝った幾何学模様の織り出された分厚い絨毯が敷き詰められ、優美な装飾の施された飾り棚やスタンドライトが並ぶ。部屋のあちこちに飾られた大小のランタンが室内をやわらかく照らし、白いクロスをかけた楕円形のテーブルには、白と紫のあじさいに似た花が飾られていた。つややかな光沢のある、くるみ色のひとり掛けソファひとつとっても、価値あるものだとわかる。

ギャルソンが引いてくれた椅子に腰かけると、入口のイルミネーションごしに、校庭のステージが見えた。幕のない舞台に照明がつくと客席には静けさが広がり、俳優の張りのある声が響きわたる。

はじまったのは、シェイクスピアの「夏の夜の夢」らしい。たしか、いたずらな妖精が惚れ薬で恋人たちを混乱させる、賑やかな喜劇だ。

ほどなく、妖精に負けず劣らず軽やかな足取りで、ギャルソンがテントにやってきた。

「お待たせいたしました。甘夏のフルーツシャンパンです」

淡いオレンジ色の三日月がいくつか、金色の液体に沈んでいる。

続いて並べられた前菜の充実ぶりは想像以上だった。野菜を中心に、少しずついろいろな種類が、彩りよく盛り合わせてある。

「左上から、ソラマメのフリット、チーズのグジェール、白と緑のアスパラガスのミモザサラダ、サーモンのエスカベーシュ、タケノコとナスのロティ・ブルゴーニュ風でございます」

聞きなれない言葉にたじろいだが、グジェールというのは甘くないシューの皮だとか、エスカベーシュは洋風南蛮漬けだというふうに、わかりやすく説明してくれ助かった。

パン籠に入ったバゲットを置き、ごゆっくりどうぞ、とギャルソンが背を向けるなり、甘夏シャンパンを口に含んだ。

細やかな泡がのどを心地よく刺激し、柑橘の香りがそよ風みたいに通り過ぎる。みずみずしい果肉を噛めば、ほろ苦さと甘酸っぱさが溶け合いながら広がった。

前菜は、どこから手をつけようか迷ってしまう。悩み抜いてつまんだソラマメは、薄い衣の下にのぞく翡翠《ひすい》色がきれいで、独特の香りとほくほくした食感がたまらない。甘くないシュー菓子はほのあたたかく、濃厚なチーズの香りがあふれる。白と緑のアスパラガスを覆う毛布のような黄色いものは、粒状にしたたまごの黄身だそうだ。ミモザの花に見立てられたそれはドレッシングによく馴染み、アスパラガスの甘みを引き立ててくれる。

サーモンに添えられた赤タマネギとパプリカは目にも鮮やかで、酢の利いた味わいとほろりと崩れるサーモンの身が混ざり合って癖になりそうだ。焼き目のついた細身のタケノコは、香りは穏やかだがえぐみがなく、歯応えがいい。とろりとしたナスとの取り合わせは見事で、エスカルゴバターとも呼ばれるニンニクやパセリを使ったブルゴーニュ風バターの濃厚な味わいを力強く受け止めている。

困ったことにここの料理は、食べれば食べるほど、腹が空いてくるようだ。早々に退散しなければ、こんこんと湧き出る食欲に勝てそうにない。

帰りのバスの時刻を調べようとスマートフォンを取り出すと、智沙からメッセージが届いていた。

《ごめんなさい。予定が長引いていて、夕飯には間に合わなそうです》

状況を想像して、一段と重く鼓動が響いた。返事を打つ指先が冷たくなって、うまく力が入らない。

《わかった。大丈夫。食事は外で済ませます》

なにが大丈夫なものか。本当は、怒りとも悔しさとも情けなさともつかない気持ちがあふれそうで、たまらないのだ。

いつまで気持ちを押し殺して、平気なふりをすればよいのだろう？

このまま気づかない夫の演技を続けた先に、しあわせはあるのだろうか。

見るともなく舞台に目をやれば、いたずらな妖精が目標とは違う男に惚れ薬を使っていた。

舞台を縦横無尽に駆けめぐる妖精は、生命力にあふれ、心底いたずらを楽しんでいるように見える。惚れ薬に浮かされた男は「あの人の騎士になる」と叫んで、恋人とは別の女を追いかけていき、燃えるような恋の情熱がこちらにまで伝わってくるようだ。

舞台上で彼らが見せる感情の純度は高くて、宝石のようにきらめいて見える。

かがやくいのちの熱量に息を呑み、焦がれ、魅了される。

本当の心と演技にはどれほど隔たりがあるのだろう。生身の感情を剝き出しにして舞台に立つ彼らは、ひとさじの真実を見せているように思えてならない。

私の偽りの態度と、彼らの姿を、同じ「演技」という言葉で表してはいけない気がした。

シャンパンの最後の一滴を飲み干すと、どこからともなくギャルソンがやってきて、飲み物のメニューを見せてくれた。このもやもやした気持ちを、すぐにでも酒で洗い流したかった。もしも私たちの人生に場面転換があるのなら、それはそう遠くないのかもしれない。ゆっくりと長いため息がこぼれた。

「種類が多いですよね。宜しければお好みに合わせておすすめしますよ。劇団マーブルフラワーの舞台はご覧になりましたか？　ぶどうジュースの場面がありましたでしょう。大人のぶどうジュースみたいな赤ワインはいかがです？」

「ああいや、すみません、個人的なことで」

「なるほど。その憂い、少しでも小さくなるとよいのですが」

「人生っていうのは、いったい何幕構成なんでしょうね」

「七幕だそうですよ」

具体的な数字が飛び出すとは思わず、驚いてギャルソンを見あげた。彼は気高い猫のように背筋をぴんと伸ばして、朗々と声を張った。

「『この世界すべてが一つの舞台、人はみな男も女も役者にすぎない。それぞれに登場があり、退場がある、出場が来れば一人一人が様々な役を演じる、年齢に応じて七幕に分かれているのだ』……と、かのシェイクスピアは申しております」

ギャルソンはかつて舞台俳優だったという。とすると彼もまた、人生を場面転換したのだろうか。

「生きていると悩みは尽きませんが、僕の経験からすれば、人生の幕は、思わぬところで唐突に変わるようです。自分の手で変えることも、なにか別な力が働いて変わってしまうことも、あります。どちらの場合でも、あとになってみれば案外悪くない変化もありますよ」

「自分の望む変化と違う場合でも、ですか？」

かつての失言の数々がもたらしたものを、悪くないとは言えない気がする。

だから踏み出せないのだ。また失言して意図せず苦しめることも、未来を思わぬ方向に差し向けることも、おそろしく感じる。

ギャルソンは、猫のように目を細め、口元に笑みをたたえた。

「どんな未来が訪れるかわからないから面白いのが、人生劇場じゃありませんか。よろしければ、試してごらんになりますか？　当店のスペシャリテは、お客さまのためにシェフが心を込めておつくりする一品。できあがるまでどんなお料理になるのか、わかりません。本日はシュヴァリエのクラージュでございます」

予想のつく未来でなく、未知の領域に手を伸ばすのは不安だが、料理くらいならば、少しの冒険を面白がれるだろうか。

「いただいてみます、そのスペシャリテ」

ギャルソンは、苦手なもの、食べられないものを丁寧にメモしてテントを出ると、急に両腕を天に向かって伸ばした。大きく伸びをするように、手を組み、そのまま左右にゆっくりゆれる。しばらくゆれたあとは何事もなかったかのように、歩き出した。

その不思議な仕草が、妙に目に焼き付いた。

*

舞台の上では、惚れ薬に惑わされた面々が元の鞘に収まり、大団円を迎えていた。

幾度も繰り返されるカーテンコールで、いたずら妖精を演じた俳優がとりわけ大きな喝采を浴びる。

演じきった満足感をかげろうのように立ちのぼらせる姿に見惚れていると、ふうっといい香りがして、ギャルソンが姿を現した。

骨付き肉が目の前に置かれると、空腹が何倍にもふくれあがった。

「お待たせいたしました。シュヴァリエのクラージュ、騎士の勇気と名付けられた一品でございます。お料理は地鶏のコンフィ、滋味あふれるお肉をディジョンマスタードでお召しあがりください」

骨付き肉というのは、どうしてこうも心躍るのだろう。添えられたクレソンとハーブの小枝、櫛形切りのフライドポテトが、黄金色の焼き目をいっそう香ばしく見せる。骨を持ってがぶりと食らいつきたいのを、大人らしい分別で抑え込むが、フォークとナイフを使うのがまどろっこしい。

ナイフが皮目に当たると、パリッと小気味いい音がした。肉はやわらかく、フォークだけでも難なくほぐれる。口当たりはしっとりとして、肉を食べている充実感がしみじみ心を満たす。まろやかなマスタードの風味をまとうと味の雰囲気は変わり、どれほど食べても飽きることがない。

合わせて選んでもらったブルゴーニュのピノ・ノワールは渋みも少なく穏やかで、料理にやさしく寄り添ってくれる。カリカリとほくほくのバランスが絶妙なフライドポテトや、ぴりりと刺激のあるクレソンを、地鶏と交互に食べると、一羽くらいぺろりと平らげられそうな気がする。

夢中になってフォークとナイフを動かしていると、テントの入口から小さな咳払いが聞こえた。

「お楽しみいただけていますか」

白いコックコートに大きな体を包んだシェフが、その体軀に似合わないほど小さな歩幅で中に入ってくる。もごもごと挨拶を口にしていた彼は、ソースもきれいに食べきり、ハーブの小枝ばかりが残った皿を見た途端、機嫌をよくした。

「今日は地鶏のいいのが手に入りましてね。フランスでは雄鶏は勇気の象徴なのです。そのハーブはタイムと言って、中世には持ち主に勇気をもたらすと信じられていました。貴婦人が絹のスカーフに縫い付けて、騎士に贈ったそうですよ」

「そう簡単に勇気が持てたら、いいでしょうけれどね」

「ええ、簡単ではなかったでしょうね。だからこそ何度も、大切な存在を想ったのかもしれません。急に火がつくのではなく、じりじり蓄えた熱が、ある時勇気に変わるのではないでしょうか。今日のお料理、コンフィと同じです。低温の油で長時間煮込むうちにじりじり変化して、ある時とびきりおいしくなるんですよ」

今日私は舞台の上にも、そういう姿をいくつも見たのではなかったか。

「舞台を観て、この憂き世では誰もがなにかと戦う騎士じゃないかと思ったんです。皆、大切ななにかを守るために、勇気を出して戦っているのだろうと。現実に立ち向かう騎士への敬意とささやかな応援の気持ちを一皿に込めました」

勇気があれば、立ち向かえるだろうか、私も。

舞台に目をやる私に、シェフは頬をぷっくり盛りあげて、微笑んだ。

「芸術というのは、きれいなもの、うつくしいものばかりではありません。自分を根源からゆさぶる、厳しくも大事な問いを与えてくれることもあります。もしかしたら正解もなく、知りたくても、ヒントも聞けないようなことも」

「そんな時、どうします？　あなたなら」

シェフは立派なハムのような両腕を組んで体をゆすり、しばし考えていた。

「考えます。食べながら。飲みながら。そして、その時々の出逢いに、なにかを感じながら。答えに辿り着くかどうかはわかりませんが、何度も。そうやって問うこと、考えることも、心の栄養になるはずです。心が満ち、お腹も満ちたら、それは世界で一番おいしい料理なんじゃないかって思うんですよ、私はね」

智沙のため、自分のために、なにができるのかを思うと、心が定まる気がした。

「出さなくてはですね、勇気」

「いつでも出せますよ。雄鶏もタイムも召しあがったでしょう。ひとは食べるものでできているんですから」

「シェフ、そろそろ調理場にお願いします、新しい注文が入っていますよ」

ギャルソンが姿を見せると、シェフは慌ててキッチンカーへ戻っていった。私に向き直ったギャルソンは、お連れさまがいらしています、と妙なことを告げた。

「お客さまは、松葉さま、とおっしゃいますね？」

返事の終わらぬうちに、ギャルソンの背後から、いたずら妖精が姿を現した。

「やっぱり！　やっぱり松葉先生！　風船配りをしている時にお見かけして、そうじゃないかって思っていたんです。全然変わりませんね」

風船を配っていたあのピエロらしい。だが、俳優の知り合いは、植芝さん以外にはいない。

「僕のこと、覚えてませんか？　ああ、こんな化粧じゃ、わかるものもわからないか」

いたずら妖精は、ポケットからタオルを取り出して、ごしごしと顔を擦った。はげた化粧の下の笑顔は、少し大人びた、あの十五年前の生徒のものだった。

「種村《たねむら》くんか！」

「いつか会えたらって思ってました。あの時、先生が僕の道を開いてくれたお礼が言いたくて」

「狂わせたと思っていたよ、ずっと。医学部、辞めてしまったらしいじゃないか」

「誰かが決めたしあわせより、自分が決めたしあわせの方が、ずっといいですから。先生が言ってくれたじゃないですか、人生の舞台は、いい大学だとか難易度の高い資格だとか、一部の企業だけにあるわけじゃない、って」

「そのせいで、代々開業医を勤める君の一族と君を、大いに混乱に陥れた」

「そのおかげで、僕は自分の人生の舞台を見つけられました」

音もなく滑り込んできたギャルソンが、ふたり分のデザートとコーヒーを並べてくれる。

「本日のデザートは、ライチのグラニテと、ウィークエンドシトロンです」

私たちは十五年ぶりに向き合った。彼は文学部に入り直し、学生時代から演劇を続けて、劇団を興したのだそうだ。

ライチの氷菓子はさっぱりと甘く、白い砂糖衣にくるまれたケーキは、ほんのりとレモンの香りがした。合間に流し込むエスプレッソは苦くて、どの人生にも、酸いも甘いも苦いもある、と思えた。どれも思い通りにならないかわりに、こんな驚きに出逢えることもある。

だからこそ人生劇場という舞台は、面白いのかもしれない。

にこやかに立ち去る種村くんの背中は、頼もしく見えた。


帰り着いた家には、電気がついていた。

ここでどんな結末を選ぼうと、互いに本心を偽って過ごすよりは、ずっといいはずだ。正解はないのかもしれないが、問い、考える機会が、私たちに変化をもたらしてくれるだろう。どのみち話すなら、早い方がいい。たとえもう家族でなくなるのだとしても。

「ただいま」

大きく声をかけると、リビングから、智沙が顔をのぞかせた。まだスポーツウェアから着替えていないところをみると、彼女も帰ってきたばかりなのかもしれない。

決心が鈍らないうちに、急いで切り出した。

「ちょっと話したいことがあるんだ」

智沙は目を見開いて、実は私も、と応じた。

いよいよ、決戦の時らしい。

そういえば、長引いた大事な予定とはなんだったのだろう。もしかしたら話し合うどころか一足飛びに、離婚を切り出されるのだろうか。

なんにせよ、もう後戻りはできない。大きく息を吸って、覚悟を決めた。

「君の話から聞こうか。……同じ話かもしれないし」

「もしかして、気づいてたの?」

「うすうすね」

智沙は小さくため息をつき、眉をひそめた。

「気を遣ってきたつもりだったの、心配をかけるから。でも、わかっていたなら、話は早いね。

会ってもらえる？」

「えっ、いるのか、ここに？」

さすがに浮気相手が自宅にいることまでは想像していなかったが、いまさら引くに引けない。めまいを覚えながら、リビングに消えた智沙を追う。

ふと思い出し、店でギャルソンがやっていたように、手を組んで背伸びをした。そのまま左右にゆれてみる。それから、腹のあたりに手を当てた。ささやかな勇気が、ここに入っているはずなのだ。

一歩を踏み出し、リビングに入った。

だが、ソファにもどこにも、想像したような人影はない。智沙はテレビの横にしゃがんで、私に背中を向けたまま、話した。

「あなた言ってたでしょう、ひとの出逢いは掛け算だって。一×一は一のままだけど、できることが少しずつ増えて一より大きくなれば、少しずつでも広がるでしょう。だから」

振り向いた智沙は、バスタオルを手にしていた。

そのバスタオルが、もぞもぞと動く。やがてタオルの隙間から、大きな耳と目が飛び出して、おもちゃみたいな高い音で鳴いた。ふわふわの茶色い仔猫だった。

私は言葉もなく、仔猫と智沙を何度も見た。

「この子、土壇場でご縁が途切れちゃって。あちこち探したけどどうしても引き取り手が見つからなくて」

「じゃあ今日の大事な予定って」

「保護猫譲渡会」

「電話の相手は」

「保護猫ボランティアの仲間」

「急なウォーキングは」

「地域猫を保護したり、捕獲して避妊手術を受けさせたり、引き取り手を探したり。今の時期は仔猫が多いから、急な出動も多くて」

「なら、最近若返ったのは」

智沙は、声を立てて笑った。

「いろんな世代のひとがいるから。若いメンバーに、流行りのメイクを教わったの」

体中から力が抜けて、私はソファに倒れ込んだ。地域猫の保護活動だったとは。

「どうして黙っていたんだ」

「仮にも命とかかわるんだもの、自分でも続けられるかわからなかったから。でも意外と性《しょう》に合うみたい。大変なこともあるけど。あら待って、じゃあ、あなたの話って？」

もう解決済みだと受け流して、指先で触れてみると、仔猫はやわらかくて、あたたかかった。

仔猫に話しかける智沙を見つめる。その笑顔は、昔と少しも変わらない。

明日は久しぶりに、一緒に買い物にでも出かけよう。猫に必要なもののリストでもつくって。

「名前、考えないとな」

私たち家族の、次の一幕が、はじまるらしい。

トルバドゥールのパシオン

自家製ソーセージ、アリゴ添え

鞄から取り出したたまごサンドは、ぺしゃんこにつぶれていた。

食べ損ねた昼食のパンは買った時の半分以下の厚みになり、フィリングは無残にもはみ出して、包装フィルムにへばりついている。短時間で手を汚さずに食べるのは難しそうだと判断して、僕はたまごサンドをそっと鞄に戻す。

わずかな休憩時間が終わろうとしていた。

舞台袖にスタンバイした出演者たちは、ストレッチしたり、体を小さく動かして振りをさらったり、小さな声でメロディや歌詞をなぞったりして、思い思いに心身のコンディションを整えている。客席側に設けたオーケストラピットからは、難しいパッセージや音階の練習など、さまざまな音が聞こえる。残響が少なく、生の音がすっと消えていくのは、ここがコンサートホールではなく、ミュージカル用に設計された劇場だからだ。すべての音はマイクを通り、音響システムから各客席へ届けられる。

僕はインカムを手に取り、各セクションに確認を済ませると、全体にアナウンスを入れる。

「舞台稽古、はじめます」

開演前の舞台袖は、夜明け前よりも暗い。

客電がすうっと落ちて、客席と舞台が濃厚な闇で結ばれる。楽団の奏でる音楽に身をゆだねる瞬間、僕たちはともに新しい世界につながる扉に手をかけるのだと思う。

やがて客席と僕らを隔てる幕がゆっくりとあがり、ふたつの世界が、つながる。

ミュージカルの醍醐味はひとつふたつには絞りきれない。洗練された歌とダンス、練りあげられたストーリー、華やかな衣装やこだわりの舞台美術に、贅沢な生演奏。緻密に設計された照明や音響、映像など、それぞれの高い技術が響き合って、約二時間半、ひとつの舞台をつくりあげる。

劇場は多くのひとにとって非日常であるかもしれないが、そこで多くの時間を過ごす僕らにとっても、特別な場所だ。

舞台の上には、魔法が生きている、と僕は思う。

舞台袖で極度の緊張に震える出演者が、舞台に出た瞬間に別人のようにかがやき出すのを何度も見た。主演の白帆《しらほ》なつめさんにしてもそうだ。稽古場で何度も聴いていたのに、舞台で聴く彼女の歌は重力が増して、劇場内のすべてが引き寄せられていく気がした。

そう話すと、壱青《いっせい》さんは、ふん、と思いきり鼻を鳴らした。

「魔法？　んなもん、あるわけないでしょうが」

客席に設けられた演出家用の机に肘をつき、長すぎる前髪の奥からつぶらな瞳を光らせて、びっしり書き込みされた台本をめくる。

「ロマンチストだね、紺堂《こんどう》くんは。百歩譲って魔法があるとしても、それは勝手にそこらへんを漂ってるわけじゃなくて、俺らが手塩にかけてつくりあげるものだと思うよ」

演劇にオペラ、ミュージカルと幅広く演出するイッセイ・タカサカの名は海外でも知られていて、はじめて一緒に仕事をするのは、僕と白帆さんくらいのものだ。

壱青さんと白帆さんは世間的には「夢の初顔合わせ」と言われているが、ここではひそかに「悪夢の初顔合わせ」と囁かれている。芸術家肌で次から次に新しいことを思い付く壱青さんと、ストイックで生真面目な白帆さんはとことん意見が合わず、議論が長引いて、稽古が予定通り進んだ試しがない。

舞台稽古時間はかなり余裕を持たせたのに、それすら大幅に超過して、一幕を終えたのは、二幕終了予定時刻をさらに過ぎた頃だった。

壱青さんが、柔和な笑顔で丁寧に、無理難題をふっかけてくるからだ。

迷惑を被るのは付き合わされる出演者だけではない。心労の重なったプロデューサーの胃には穴があいたし、壱青さんの思い付きを形にしたり、一度つくったものを変更したりするスタッフ側も、作業に追われる。さきほども演出を大幅に変え、舞台美術にも飛び火して、直し時間の確保にてんてこ舞いしている。

舞台監督である僕の仕事は、監督と名はついても、一般的な言葉のイメージとは違うかもしれない。映画監督よりも建築などの現場監督の役割に近い。仕事内容は多岐にわたり、劇場入りしてからは主にスタッフの統括と進行、安全管理などにあたる。搬入設営から公演終了後の撤収まで、現場実務の一切合切を取り仕切る役割上、各方面からの苦情や愚痴や鬱積《うっせき》した怒りは僕の元に集まってきて、壱青さんの元に届くのは稀だ。物怖じせず彼に盾つくのは、白帆さんくらいのものだろう。その白帆さんもまた、一筋縄ではいかない相手ときている。

舞台監督の仕事で特に重要なのは「時間」の管理だ。最大のミッションは「初日の幕を開けること」。常にそこを基準に、カウントダウンしながら、全体の進捗を確認して調整する。

僕は下手側の舞台袖にある舞台監督卓に戻り、照明や音響など各セクションと調整を済ませた。さすがになにか腹に入れておこうかと、再び鞄からたまごサンドと水を取り出したところ、飛んできたものに虚をつかれた。スイカだった。

いや、正しくはスイカ模様のビーチボールだ。スイカやビーチボールを小道具に使う予定はなく、首をひねっていると、肩にぽんと手が置かれた。

「ごめんねー、それ、それ、僕の」

その声で、水越《みずこし》さんだとわかる。デミグラスソースのような声と評される白帆さんの相手役で、ベテラン俳優ながら気さくで無邪気で、とても自由なひとだ。

「ちょっと緊張が抜けなくてね、体をほぐしてたんだ。奈落《ならく》でやってたら叱られてしまって」

「舞台まわりは危ないので、楽屋でやっていただけると」

「楽屋はねぇ、ほらあの、白帆さんの隣だから」

肩をすくめるところをみると、既になにかあったらしい。おおかた壁にでも打ち付けて、ぅるさがられたのだろう。

「そういえば紺堂ちゃん、これもらった？　楽屋前にあったんだ。お詫びにあげるよ」

水越さんは衣装のポケットからごっそり紙切れを取り出して、一枚を僕にくれた。

「割引券ですか？」

「夜市やってるんだって、隣の百貨店で。夜の部終演後に超特急で身支度整えて走ってけば、一杯ぐらいありつけるかな」

「走って怪我でもしたら大変ですよ」

「だったら紺堂ちゃんも一緒に行こう。君バックヤードに精通してるでしょ。僕たちが協力したら最短距離で行けるじゃない」

「考えときます」

にこやかに水越さんが立ち去ると、大道具からセットを見てほしいと呼び出しがかかった。

たまごサンドと水を諦めて鞄に戻し、舞台の真下にあたる奈落を目指す。

客席から見える舞台は、舞台空間のほんの一部にすぎない。

左右にある舞台袖や舞台奥などの空間の他、照明や舞台セットなどをバトンで吊りあげる上部の空間、舞台に昇降させるセリ機構を持つ奈落など、お客さまの目に触れない部分が、舞台を支えている。他にも、舞台を囲むようにあらゆる角度から照らすことのできる照明、どの席にいてもよく聞こえるよう設計された音響設備、演出効果を高める映像技術や、舞台に本当に雨を降らせることもできる特殊な水道設備など、魅力的な劇空間をつくりあげるための技術の粋がここには詰まっているのだ。

劇場に足を踏み入れるたび、先人たちの知恵と工夫の結晶に、胸が熱くなる。

演劇と違いミュージカルでは、初日の幕が開いた後は、上演内容をほぼ変更しない。舞台にかかわるひとびとにとって「初日の幕が開く」ことが、どれほど大きなことか。そのよろこびと重さを、僕らはそれぞれに抱えているのだと思う。

問題のセットに辿り着くと、塗装の一部が円くひび割れていた。先ほどの舞台稽古ではなんともなかったらしい。僕はスイカを思い浮かべて心の中でため息をつき、頭を下げながら補修作業可能なタイミングを相談した。

廊下に出るなり悲鳴が聞こえ、走り去る足音がした。衣装室から飛び出してきたスタッフが、すごい剣幕で僕に安全管理の徹底を訴えた。指さす先、立ち並ぶ衣装の森の向こうに、スイカが転がっていた。ひたすら謝り、げんなりとして舞台に戻ると、空気がぴりっと張り詰めていた。

舞台袖に集まったプロデューサーと出演者たちが、おろおろと舞台の方へ視線を送っている。ひと目見て、これはまずいとわかった。白帆さんと壱青さんがやりあっているのだが、壱青さんの顔からは、いつもの微笑みが消えている。

対する白帆さんの背中もいつにもまして反り返って見える。

「真面目な話をしているんです。ふざけないでいただけませんか?」

「俺も真面目に話してるんだよ」

それが壱青さんの怖いところなのだ。冗談にしか思えないような無茶を本気で言ってくる。

僕は舞台に駆け出して、ふたりの間に割って入った。

「あの！　どうかされましたか」

白帆さんの険しい瞳が僕に向けられる。足がすくみそうなほど、熱を持った視線だ。これを始終受け止める水越さんの緊張が抜けないのも無理はない。

「壱青さんが、一日を四十八時間にしろとおっしゃるんです」

壱青さんは、両手の平を上に向けて、なぜ理解できないのかとでも言いたげだ。

「時間は自在に伸縮するものだろ？」

「時計で計れる時間の話をしています」

どうやらふたりの諍いの原因は、さきほど大幅に変わった演出についてらしかった。その変更に伴って、玉突き事故のようにあちこち影響が出る。稽古に入る前に、すべての状況を一度洗い直すべきだと白帆さんは指摘するが、壱青さんは先に進めたい。

時間の余裕はたしかにない。僕らに残されたのはあと二日で、三日後には初日を迎える。

「大丈夫でしょう、君たちなら」

「大丈夫かどうかをちゃんと確認したいんです」

ふたりの優先順位は違っていて、互いに一歩も引かないが、その間にも時間は刻々と進んでいく。幕を開けるためには、どちらにも与せず、どちらとも敵対せずに、なんとか和解してもらわなければいけない。僕は必死に頭をめぐらせる。

「どうでしょう、おふたりの気になるところに半分ずつ取り組むというのは？」

白帆さんから注がれる冷たい視線と、壱青さんのおそろしいばかりの笑みに、僕はたじろいだ。

「頭を冷やす必要があるな」

言い捨てるように壱青さんが舞台上手に消え、白帆さんは反対の下手側から舞台を去った。

演出家不在ならば稽古は続行不能だ。少なくとも壱青さんが戻るまでは中止せざるを得ない。

「監督さーん、火に油注いでどうすんだよ」

「これ以上稽古が延びて、直前まで変更が出たらとても対応できませんよ！」

「衣装、メンテナンス入っちゃっていいですか？　このあと稽古ありませんよね？」

僕はあちこちに頭を下げながら、たまごサンドを思い出した。ぺしゃんこにつぶれ、惨めにはみ出したフィリングに、今は親近感すら覚える。

水越さんは、こんなおっかない現場ははじめてだと身震いし、スイカを両手で抱き締めて楽屋へ戻って行った。

対応に追われる僕の元に、白帆さんがいないという報せが届いたのは、十五分後のことだった。楽屋にも姿はなく、荷物もなくなっていた。青ざめたプロデューサーは、舞台横に祀られた神棚に熱心に手を合わせ、時折胃のあたりをさする。

このまま演出家と主演が決裂したら、稽古は進まず、初日の幕は開かない。

僕が、なんとかしなければ。

スマートフォンと財布を尻ポケットにねじ込むと、僕は通用口目指して、走り出した。

こんな時にどこへ行くかわかるほど、僕は白帆さんを知らない。

だけど僕ならば、まっすぐ家に帰りたくなくて、気持ちが鎮まるまでぶらぶらするだろう。それには静かな場所よりも賑やかな場所が落ち着く。たとえば隣の百貨店のような。

とはいえ、地下から八階までの老舗百貨店の賑わいの中から、たったひとりの女性を捜し出すのは至難の業だ。考えてみれば僕はいつも現場を走りまわるばかりで、白帆さんの私服姿だって見ていないのだ。

店内は冷房が効いているのに、競歩のような速度で歩き続けたせいか汗が噴き出て、こんなことならあのたまごサンドを食べておくべきだった、と切に思う。体に力が入らず、三階を過ぎたあたりから脚が重くなり、階をあがるたびに体のあちこちが軋んで、八階を歩き終える頃には、めまいがした。

＊

事態はさらに悪化して、壱青さんも劇場から消えたと連絡が入った。体を二分割して捜しに行ければと考える自分に、壱青さんの無茶が伝染ったらしいと知る。熱のあるひとなのだ。不可能を可能にする方法をいつも考えている。

白帆さんは見つからず、諦めてエレベーターの前に立つと、夜市のポスターが目に入った。ポケットに手を突っ込み、水越さんからもらった割引券を取り出す。楽屋前にあったのなら、白帆さんもこれを見ている可能性は、ないだろうか。開いたエレベーターに乗り込み、僕は、屋上階のボタンを押した。

ゆっくりと開いた扉の先は、別世界だった。

夜空と街の夜景を背に、屋台とキッチンカーが立ち並ぶ。大小のテーブルが空間を埋め尽くし、その頭上を色とりどりの提灯や電球が飾る。屋上庭園は異国情緒あふれる巨大な夜市に様変わりしていた。いろいろな国の言葉で書かれたメニューや貼り紙が示すように、店員も集うひとたちも多国籍で、湿気と熱気を孕んだ夏の宵の空気さえも、この場所の魅力を増す舞台装置のように思える。

中央に据えられたステージでは生バンドが小粋なジャズを奏で、その奥のイルミネーションに飾られた一角には、ブルーグレーと淡い生成色の縞模様の小さなサーカステントがいくつも並んでいた。

ビアジョッキやグラスを傾けるひとびとの間を縫って白帆さんを捜すが、さすがに疲れてきたらしく、足はもつれ、体全体に砂が詰まったように重く感じる。

立ち止まると、隣に佇む黒塗りのキッチンカーから、おいしそうな香りと、調子はずれの鼻歌が流れてきた。中でシロクマのような大きな背中が、バンドの演奏する「Tonight」に合わせて、フライパンをゆらしていた。ジャズのスタンダードナンバーはブロードウェイミュージカルから生まれたものも多く、つい口ずさみたくなる気持ちがよくわかる。

あんなふうに機嫌よくつくられた料理はどんな味がするのだろう、と一歩踏み出した瞬間、強いめまいに襲われた。

なにかがおかしかった。冷や汗が噴き出してきて、体の軸が定まらず、変だなと思っている間に、あたりの光量がすうっと落ちていく。誰かが客電を落としたんだな、と意識と体がふんわりした瞬間、腕を強く掴まれた。

猫だ、と思った。

背の高い、目を光らせた黒猫が、抱き留めるようにして僕をのぞき込んでいた。彼はすばやく僕の腕の下に潜り込み体を支えると、こちらへとやんわり囁いて、すぐそばのサーカステントに導いた。

シックな色合いのテントには、ひんやりと心地よい空気が満ちていた。

夢を見ているのだと思った。そうでなければ、ひどく肌ざわりのいいソファも、テント内に広がる空間も、説明がつかない。テントの中はシャンデリアと大小のランタンで飾り立てられ、ヨーロッパアンティークらしき家具が威厳たっぷりに据えられて、まるでよくできた舞台セットのようなのだ。こんな空間が劇場以外にあるわけはない。

とりわけ目を惹くのは白いクロスのかかった楕円のテーブルで、中央にはみずみずしい緑の葉と、星を散らしたような青い小花が飾られていた。

僕をソファに横たえて、黒猫は冷たいタオルを首のうしろに押し当てる。

「少しずつでいいので、飲んでください」

黒猫の差し出したグラスの中身はえもいわれぬほど甘く、こんなにおいしい飲み物があるのかと、夢に感謝を覚える。おいしいと伝えると、彼は顔をしかめた。

「それ、経口補水液です。体調がよい時にはとてもおいしいとは言えません。ところが脱水症状を起こしかけていると、この上なくおいしく感じるんです。ゆっくりでいいので、全部飲みましょう」

黒猫はてきぱきと僕の体温を測り、グラスを満たして、未開封のペットボトルと一緒に手の届く場所に並べ、タオルを換えてくれた。

「熱はありませんし、症状も軽そうです。少し休めばよくなるでしょう。眠るのが一番です」

飲まず食わずで、動きすぎたのかもしれないとぼんやり思う。重い瞼を閉じると、ざわめきや音楽が少しずつ遠のいていった。

目覚めた時には、重力が半分になったのかと思うほど体が軽くすっきりとして、経口補水液はちゃんとまずかった。朦朧とした僕を介抱してくれたのは黒猫などではなく黒服姿の給仕係だったが、驚くべきことに舞台セットのようなテントは夢でも幻覚でもなく、本物だった。ここはビストロつくしという飲食店だそうで、どうやら僕はこの忙しそうな時間帯に、図々しくも席をひとつ占領していたらしい。礼と詫びを伝えると、黒猫給仕係は首を横に振った。

「どうぞお気になさらず。困った時はお互いさまと言いますから」

とはいえ世話になったのだから、一杯くらいは飲んでいこうとメニューを見せてもらう。飲み物リストだけを見るつもりが、試しに開いた料理のメニューはどれもおいしそうで、とくに一番下に書かれたスペシャリテに、心惹かれた。

「そちらは当店のシェフが、お客さまだけのためにおつくりする特別料理です。本日は、トルバドゥールのパシオン。できあがるまでどんなお料理になるか、私にもわからないのです」

ゆっくり食事する余裕などないと、一度はメニューを閉じたが、次にいつ食事にありつけるかもわからない。また倒れるよりはここで食事を済ませておく方が、賢明に思えた。

「スペシャリテをお願いします。あとこの、旬のフルーツシャンパンを」

黒猫給仕係はテントを出ると、数歩進んだところで立ち止まった。足を肩幅に開いて頭上に腕を伸ばし、手を組んで、左右にゆれる。それは風にゆれる植物を表す踊りのようでもあり、ゆったりとした動作がなにか不思議な儀式のようにも見えた。

このまま白帆さんと壱青さんを見つけられなければ、稽古は継続できず、僕ひとりが劇場に戻っても、なんの役にも立たない。これまでにも何度か最悪の事態を考えたことはあるが、今日ほど身近に感じたことはない。なにより、楽しみにしてくれているお客さまを裏切るのは、胸が痛む。

いつの間に入ってきたのか、黒猫給仕係が銀のトレイを手に、僕をのぞき込んでいた。

「お加減悪いですか？」

「違うんです、仕事のことで」

「大事な場所であればあるほど、悩みますよね。その憂い、少しでも小さくなるとよいのですが」

静かに並べられたフルートグラスと、豪華な一皿に、目を奪われた。

「こちらは白桃のフルーツシャンパンでございます。お料理は、左上から、トマトの冷製ポタージュ・バジルのグラニテ添え、ナスとエダマメのタプナードサラダ、イカのフリット、夏野菜のピクルス、生ハムとチーズのババロアです」

三日月のような白桃はほんのりピンク色を帯び、立ちのぼる金の泡によく映える。シャンパンに溶け込んだ桃の香りが軽やかに弾け、果肉にはシャンパンがしみ込み、互いの魅力を高め合っている。

少しずついろいろな前菜が盛り合わされた皿は、名曲ばかりを集めたガラ・コンサートのように華やかだ。

ショットグラスに入った赤いのは完熟トマトの冷たいスープで、上に飾られたバジルのシャーベットの香りと混じり合い、体の奥底に眠っていた食欲を起こしてくれる。緑の葉とエダマメの陰からオリーヴのうまみを吸い込んだナスが顔を出す。サラダをまとめるタプナードの独特の風味に誘われて、あっという間にグラスは空になり、白ワインを注文した。

さくさくと軽い歯ざわりの衣に包まれたイカのフリットが辛口のリースリングによく合い、これっぽっちではなくボウル一杯ほども欲しくなる。見た目も歯応えも楽しい夏野菜のピクルスの酸味が口の中を引き締めてくれ、生ハムとチーズのババロアが舌の上でなめらかにほどける。

こんなにも気持ちが浮き立つのは、久しぶりだ。舞台に比べれば、料理を味わう時間は格段に短いが、うれしさや驚きを味わう楽しさは、ブロードウェイやウエストエンドの上質なミュージカルにも通ずる。

やがてステージから、耳慣れたフレーズが聞こえはじめた。

歯切れのよいリズムに、ゆったり上下するベースライン。ピアノと管楽器が奏でる、メインテーマ。大好きな舞台の代表曲に、僕も指でリズムをとりたくなる。

CMにも使われていたから、よく知られているのだろう。テントの入口から見えるひとびとも、指先や足でリズムをとっている。あの中に舞台を観たことがあるひとはいるだろうか。もしいるのなら、グラスを交わし、語らいたいくらい、好きな作品だ。

舞台なら、ここで男性コーラス、と強く思いすぎたせいだろうか、どこからか歌声が聞こえてきた。

視線を走らせると、長テーブルの端で男がひとり立ちあがり、歌っていた。ワンフレーズごとにあちこちの席から立ちあがるひとは増え、ぱらぱらと手拍子が起こりはじめた。女性たちも加わり、ハーモニーが夜市全体に広がっていく。

全員が帽子を被っている以外は服装も髪や肌の色もバラバラで、Tシャツにデニムのカジュアルなひとから、お店のユニフォーム、スーツ姿など、見た目はごくふつうのひとと変わりない。

だが、違う。

踏み込むステップ、帽子を小道具として扱う仕草、そしてなによりその発声は、たゆまぬ鍛錬の賜物のはずだ。彼らは障害物をものともせず、軽やかにステップを踏みながら列をなし、テントの入口が切り取る風景を横切って消えた。

たまらず立ちあがり、僕はテントの外へ出て、彼らを追う。

ステージの前に一列に並んだ彼らの帽子は、いつの間にかすべて金色のシルクハットに変わっていた。高らかに歌いあげられる「One」のメロディと息の合ったダンスに、夜市の客たちは手拍子でひとつになって、心を重ねている。どの顔にも笑みが浮かび、胸が熱くなる。

なんてしあわせな風景なのだろう。

歌声は、ひとが最初に触れた、音楽であったろう。

舞や踊りは、ひとが捧げる、祈りの形であったろう。

時代がどれほど変わっても僕らは芸術の大きな腕に抱かれてそれぞれの生命を旅する。国や民族、文化が違っても、もっと個人的な、それぞれのくらしの背景が違っていても、ひとはこうして同じものに心を震わせることができる。

そんな舞台を、僕も届けたい、と強く思った。

嵐のような拍手の中、彼らが退場するのと同時に、ステージ上には金のシルクハットを被った女性が颯爽と現れ、舞台「コーラスライン」の公演を案内した。彼女は心なしか、黒いキッチンカーの方へウインクしたように見えた。

テントに戻ろうと振り向くと、すぐ後ろに、壱青さんが立っていた。さらに、僕の隣のテントから顔をのぞかせていたのは。

「白帆さん！」

僕らはそれぞれ、この店に辿り着いていたらしかった。

互いに顔を見合わせる僕らを、通りかかった黒猫給仕係が、不思議そうに見つめた。

＊

「まさか壱青さんと紺堂さんがいるなんて。テントの中なら誰とも会わないと思ったのに」

黒猫給仕係の計らいで、ふたりは僕のテントにやってきて、一緒にテーブルを囲んだ。

「白帆さんがいなくなってしまったと聞いて、捜しに来たんです」

「あら、私の楽屋に夜市の割引券を置いたのは、紺堂さんじゃなかったんですか？　てっきり、『頭を冷やす』手配をしてくださったのかと」

「僕じゃありません。壱青さんですか？」

「俺でもないよ。俺はプロモーションを観に来いと呼び出されたんだ。さっき公演案内してた女性がいたろ？　知り合いなんだけど、稽古中だと言ったら割引券を山ほどくれたから」

それが楽屋前に置かれて、誰かが白帆さんの楽屋に置いたらしい。そういえば、割引券を詫びがわりに配っていたひともいた。

「なにはともあれ、壱青さん、白帆さんとこうしてお話しできる機会が持ててよかったです。初日の幕を開けるために、建設的に話し合いましょう」

だが議論はどこまでも平行線を辿った。

「よりよい方法を思い付いたら、取り入れないのは、創造性への背徳だよ？」

「それを舞台上で実現できるかどうかは俳優の鍛錬あってこそではないですか？」

「時間は有限なので、まず今できることを決めませんか」

彼らは互いに譲らず、笑顔で睨み合うばかりで、歩み寄りの気配すらない。

頭を抱えているところに、黒猫給仕係が料理を携えて、するりと滑り込んできた。

白帆さんは鶏のオリーヴ煮、壱青さんはブッフ・ブルギニョン、それぞれの料理に合わせた赤ワインが注がれる。

そして、僕の前には、マッシュポテトの上に載った大きなソーセージが置かれた。添えられたクレソンの茎と比べると、その太さが際立つ。

「お待たせいたしました。本日のスペシャリテ、トルバドゥールのパシオンでございます。吟遊詩人の情熱と名付けた一皿、自家製のソーセージにアリゴを添えました。あつあつのうちにどうぞ召しあがれ」

太いソーセージにはこんがりと焼き目がつき、フォークを刺すとぷつりと小気味のいい音を立てた。ナイフを添わせれば透明な肉汁があふれ出し、マッシュポテトをつやつやと光らせて、クレソンの緑に映えた。口に入れると、粗挽き肉のほどよい弾力が食欲を掻き立てる。

アリゴというのは、フランスの郷土料理でチーズ入りのマッシュポテトのことだそうだ。スプーンですくうと驚くほどよく伸びた。持ちあげたスプーンが鼻から眉、頭上を超えても、搗きたての餅のようにまだ伸びる。かすかに感じるニンニクの香りとなめらかなマッシュポテトに、滋味深いチーズの味わいが溶け込んで、手を止められない。なにより面白いのは、その粘り強さだ。この料理は温度が大切で、冷めると伸びなくなるという。料理の熱がアリゴをどこまでも伸ばすのだ。

僕らも似ているかもしれない。

かかわるひとびとの熱が集まった作品ほど、不思議とお客さまの元へそれが届くように思う。もしかしたら僕に必要なのは、時間を優先して壱青さんと白帆さんに和解や妥協を促すことではなく、むしろ彼らの熱を守ることではないのか。

さきほどのパフォーマンスに感じた、心を交わし合える舞台を届けたいという思いは、作品への熱と粘り強さから生まれるのではないか。

僕は肚を括って、居住まいを正した。

皿に置いたスプーンが音を立て、壱青さんと白帆さんが僕の方を見る。

「おふたりに、譲歩するおつもりが全くないのはよくわかりました。それで結構です。もしおふたりの言うことを両方とも叶えるなら、どうすればそれが実現できますか？」


熱弁を振るう僕の耳に、小さな咳払いが聞こえた。

「お取り込み中にすみません」

テントの入口に大きな男がのっそりと立っていた。あのシロクマのような料理人だった。彼は僕らの皿をのぞき込むように首を伸ばし、うれしそうに目を細めた。

「お楽しみいただけましたか。自分で言うのもなんですが、今日は特別おいしくできたと思うんですよ。ご覧になりましたか、さきほどのすばらしいダンスと歌！　ミュージカル、ご覧になったことはありますか？」

僕らは思わず顔を見合わせる。白帆さんが、大好きです、と微笑みを返すと、シロクマ料理人は何度も首を縦に振って、熱く語った。

「歌やダンスやお芝居だけじゃありません、すてきな舞台美術や衣装、照明、音響、生演奏。多くのひとたちが心をひとつにしてつくりあげるなんて、すごいことですね。うちはふたりだけの店ですが、心をひとつにするなんて難しくて仕方ありません。それぞれ考えの違う人間同士が心を重ねるって、大変なことですよ。彼らは作品世界を旅しながら、私ら見る側を歌や踊りに乗せて、その旅に引き込んでくれる。いわば現代の吟遊詩人、トルバドゥールです」

たしか料理に、そんな名前がついていた。

「トルバドゥールの語源は一説によると、生み出すひと、らしいです。きっとミュージカルの舞台には、そんなひとばかりがいるのでしょうね。情熱を持ったひとたちが。そうそう、ご存じですか？　隣の劇場で、もうすぐ新しいミュージカルがはじまるそうですよ」

壱青さんが白帆さんと僕を交互に見て、シロクマ料理人に笑いかける。

「きっとそこにもいるよ。そういう熱い連中が、たくさん。舞台の表にも裏にもね」

シロクマ料理人は、すばらしい、と声を上ずらせて頬をぷっくり盛りあげた。

「世の中ってやつには憂いが多いですがね。すばらしい芸術と、おいしい料理があれば、憂き世を乗り越えていける気がするんです。心が満ち、お腹も満ちたら、それは世界で一番おいしい料理なんじゃないかって、思うんですよ」

テントの外から、シロクマ料理人を呼ぶ声がした。

「お客さまのお邪魔はそのくらいに。注文がたんまり溜まっていますよ」

シロクマ料理人はカーテンコールみたいに大袈裟な礼をして、いそいそとテントを後にした。

入れ替わりに訪れた黒猫給仕係は、僕らの前にデザートを並べる。

「本日のデザートは、ベリーのエクレアと、ヌガーグラッセでございます」

エクレアにかじりつくと、カスタードクリームとともに挟まれたブルーベリーやラズベリーから果汁がほとばしり、甘酸っぱく広がった。

エスプレッソにたっぷりの砂糖を加えて、壱青さんが僕に問う。

「どういう心境の変化？　両方するには時間がないんじゃなかった？」

「気づいただけです。初日の幕を予定通りに開けることと、最高の初日の幕を開けることとは、違うかもしれないって。もちろん両方が重なるのが一番いいですが。壱青さんも白帆さんも、最高を目指しているんでしょう？」

白帆さんはエスプレッソを一気に飲み干した。

「それは、最高の演出家がいるんですから。その思いを最大限に実現したいですよ」

「それは俺も、最高の役者とスタッフが揃ってるんだから、存分に力を引き出さなきゃ、失礼だろ？」

「そうと決まれば、一刻も早く劇場に戻りましょう。存分にぶつかってください」

手早くヌガーグラッセを口に放り込む。ピスタチオとナッツの入った氷菓子は、冷たくもふんわりと軽い口当たりが雪解けを思わせ、ナッツ類の香ばしさと洋酒の香りが余韻を残す。

会計を済ますと、黒猫給仕係が僕に耳打ちした。

「シェフからの伝言です。アリゴには友情のリボンという別名があるそうですよ」

礼を言い、僕は先を歩くふたりの背中を見つめた。

今はまだ友情とまではいかなくても、熱と熱がぶつかり合えば、さらなる熱が生まれるだろう。

思いを重ねるひとが増えれば熱はより高まり、アリゴのじゃがいもとチーズみたいに分かちがたく結びついて、どこまでも伸びていくのかもしれない。


僕らの他には誰もいない劇場前の広場を歩きながら、僕はある曲を思い出していた。舞台「コーラスライン」の終盤で、愛のためにしたことに後悔はないと歌う曲だ。コーラスラインとは、主役とその他大勢の出演者を分ける、一本の線のこと。物語を舞台から社会に置き換えると、ひたむきに日々を生きる僕ら自身の物語に思えてくる。

今から僕らは、これまでよりも大きな困難に立ち向かうのかもしれない。だけど僕も、悔いはないと言える自分でありたい。

僕は、舞台には、やはり魔法があると思う。舞台のこちら側の熱が客席に届き、お客さまひとりひとりの熱にあたためられて、劇場全体に広がっていく。その時僕らは、互いに共鳴して、心を響かせ合う。

白帆さんが、夜空に向かって、オープニングナンバーを歌い出した。

その瞬間、わかった。

魔法は、舞台だけにあるわけじゃない。誰かが情熱を燃やす場所に生じるのだと。

真っ暗闇の中で今、目に見えない幕が開き、世界をつないでいく。

シェフの夕食
〜ニンジンは煮えてしまった〜

ステップを踏むような軽やかな足取りで、颯真の案内に続く北濱恵《きたはまめぐみ》さんは、赤ワイン煮のような深い赤のワンピースに身を包んでいた。

金色じゃないんだ、と驚いた。百貨店の屋上での夜市の時に見かけた、金色のシルクハットの印象が強かったから。元ブロードウェイ俳優の風格を前に、宝石を撒いたような夜景もきらびやかな衣装も、あの瞬間、彼女をかがやかせるために誂えた装置のように見えた。

連れの植芝基《もとい》さんは、初夏の頃、丘の上の廃校で会った時よりも日に焼けて、ほどよいポークソテーのような、こんがりといい色になっていた。演劇祭も刺激的だったけど、一週間ほどの営業中には、仔猫を連れて食事に来たご夫婦などもいて、楽しかった。

夜もだいぶ更けたミュージカル劇場前の広場にはひと通りもなく、舞台が跳ねた直後は、満足げな笑みを浮かべたひとたちであふれかえっていたけれど、出演者たちが支度を済ませ帰路に就く頃には、眠るように静かになった。おふたりだけのお客さまを迎えるサーカステントが、静かな夜にともるランプのように、そっと佇んでいる。

おふたりがテーブルに着くと、颯真が一歩進み出て頭を下げる。慌てて私もあとに続いた。

「先日は申し訳ございませんでした。お約束を守れずに」

北濱さんはにっこりと笑顔を向けてくれる。

「そんなにかしこまらないでください、台風は仕方ありませんから。ねぇ？」

「そうですよ、俺も交通機関が止まって来られませんでしたし」

本来ならば二日前の休演日にお招きする予定だったのだけど、暴風雨に見舞われて店を出せる状況ではなく、再調整していただいた。

お客さまの安全第一がもちろん第一義だけど、強い雨が降ると憂鬱になる。昔のことを思い出してしまって、とても料理がつくれなくなるのだ。鼻歌を歌っても、踊っても。

幸いにして、おふたりにご用意したサーモンのタルタルと、リブステーキのカフェ・ド・パリ・バター載せは無事に気に入っていただけた。パセリなど数種類のハーブとニンニクなどを混ぜたカフェ・ド・パリ・バターの鮮やかな緑が、夜半になっても熱気の抜けない空気を、爽やかに感じさせてくれる。

最近のかぐやびとである植芝さんは、演劇祭を立ちあげるにあたって、マダムから紹介を受け、北濱さんに助言を受けたのだそうだ。舞台を降りてからもショービジネスの最前線で活躍する北濱さんは、ブロードウェイミュージカルの日本公演にあたって、生活面でのサポートを行う、カンパニーマネージャーとして同行したという。

「先日の舞台すばらしかったです。泣いたり笑ったり、心が震えっぱなしでした。植芝さんの舞台を観た時にも感じたんですけど、世界を変えるのはヒーローだけじゃないって、強く思いました」

私が鼻歌を歌ってみせると、植芝さんも白い歯をのぞかせて笑った。

「わかります。成否にかかわらず好きなことに情熱を傾けること、他人事ではないですし」

「そうね、舞台に生きる私たちの物語だから。現実はいつも報われるわけじゃない。厳しい世界だけど、それでも愛するか、自分を信じるかを問い続けるのって、簡単じゃないよね。でも舞台に限らず、なにかに情熱を傾けたことのあるひとなら、きっと理解できる感覚だと思う」

私は大きく頷いた。その問いに常にイエスと答えることがどれほど難しいかも、私は身をもって知っている。颯真も横顔を厳しく引き締めていた。

植芝さんがワインを手に何度も頷く。

「俺の場合は翁にそこを見てもらえたようです。大きな実績があるわけじゃないけど、あちこちで演劇祭がやりたいと話していたら、目の前にマダムが現れて。壁にぶち当たった時に北濱さんを紹介されて、相談に乗ってもらいました」

「恩返しは翁にじゃなく他のひとへって言われてるからね。でも私も、翁には会ったことがないの。会わなくてもあまり疑問にも思わなかったな。仕事でも、担当者とはやりとりするけど社長を知らないなんて、ザラにあるじゃない？　知っていることもたぶんみんなとそう変わらない。実務はマダムが担っていて、パリと日本の家を行き来していて、芸術に明るいお金持ちらしいって、そのくらい」

颯真が、楡原館長から聞いた〈あたたかい雪〉のことをおふたりに話したけど、故郷についての聞き覚えもないという。私らはあれから、かまくらや雪にかかわる催しを訪ね歩いた。新《にい》潟《がた》、栃《とち》木《ぎ》、長《なが》野《の》などの他、雪にかかわるイベントは和《わ》歌《か》山《やま》や京《きよう》都《と》などにもあり、想像以上に広範囲に及んだ。

私がやろうとしていることは、颯真が言うように無謀なことなのかもしれない。無数の情報をひとつひとつ拾いあげて、つなぎ合わせること。それには途方もないほど時間も労力もかかる。マダムの訃報を受け取ってから、既に一年が過ぎようとしていた。この先どれほどの時間がかかるのか、想像すらつかない。

終わりのない道を、暗闇の中でひたすら手探りしながら歩き続けているようで、その先に目を凝らしていなければ、簡単に道を踏み外し、深い闇の底へ飲み込まれてしまいそうだった。

そこから目を背けるために、自分を奮い立たせるために、鼻歌を歌い、リズムに乗るのだけど、颯真には呑気なものだと思われているらしい。

「瀬戸《せと》さんには会ったかしら？　たしか彼も翁を捜したことがあるはず」

「どちらの瀬戸さんでしょう？」

颯真がメモ帳を手に身を乗り出した。

「映画監督の。以前カンヌ国際映画祭のある視点部門で審査員賞を受賞した、瀬戸克郎《かつろう》監督」

「『稲穂は嘘をつきたがる』の、瀬戸克郎監督？　彼もかぐやびとだったんですか？」

植芝さんの驚きに、北濱さんは以前コーディネーターを務めたことがあると話した。

「そのご縁で、毎年秋頃に監督が主催するお遊びの会にも誘っていただいたの。ミュージカルサンドがあるからぜひいらっしゃい、って」

「それは歌って踊るサンドウィッチですか？」

今度は私が身を乗り出す番だった。北濱さんは、行ってみてのお楽しみ、とウインクしてくれたのだけど、颯真には下らないことで水を差すなと叱られてしまった。

「俺、失礼かと思ってご本人には聞けなかったんですが、マダム・ウイはフランスの方なんですか？　お顔立ちがルノワールの美女のようにも竹久夢二《たけひさゆめじ》の美女のようにも見えました」

ふわふわゆれる栗色の髪と、芯の強そうな鳶《とび》色の瞳を思い出す。口元にいつも浮かぶ穏やかな笑みに、私はたびたびどこかの教会で見た聖母像を思い浮かべた。

「国籍は日本のはずよ、ウイは本名で、羽衣と書くんですって。すてきよね。お母さまがフランスの方で、パリに先祖から引き継いだ家があると話してた」

パリの店には、マダムも来たことがあっただろうか。

私の働いていた星付きのレストランは、セーヌ川に浮かぶ、シテ島にあった。パリ発祥の地とも言われるシテ島を中心に、パリの街はかたつむりのようにぐるぐると螺旋《らせん》状に広がる。ノートルダム大聖堂や裁判所、警察庁などが集まるシテ島を右岸左岸とつなぐ、ポン・ヌフという橋が気に入っていた。

新しい橋という名なのに、パリに現存する最古の橋らしい。

日本で織田信長《おだのぶなが》や豊臣秀吉《とよとみひでよし》が活躍する頃に建設工事が行われ、徳川家康《とくがわいえやす》が江戸《えど》に幕府を開いた頃にできあがった。たびたび修理されているそうだけど、基本的構造は建築当時のままらしく、時を超えて大事に守り継ぐ、文化や歴史が息づく街に驚かされた。

ポン・ヌフの西、シテ島の先端は公園になっていて、ルーヴル美術館や、芸術橋と呼ばれるポン・デ・ザールが見える。

街の心臓部で、芸術と新しくて古いものが、水面を震わせながら見つめ合う。そのことが、パリの街とそこに生きるひとびとの精神の血脈のように、私には思えた。

北濱さんは、飲み物のメニューを繰ると、くすっと笑みをもらした。

「これいただけるかしら、マンタロー」

そのままくすくすと忍び笑いの止まらない北濱さんを、植芝さんが不思議そうにのぞき込み、それはなんですか、と颯真にたずねた。

「ミント水でございます。ミントのシロップを水で割ったもので、爽やかですよ。ソーダで割れば、ディアボロマントと呼び名が変わります」

「じゃあ俺はディアボロマントを」

颯真が一礼をして飲み物の準備に向かったあとも、北濱さんは笑い続ける。

「ごめんなさい、この間読んだ本の一節を思い出しちゃって。パリの旅行記でね、カフェでみんながクリームソーダみたいな鮮やかな緑色の液体を飲んでいて、たずねたら自分の名前と同じ飲み物だったんですって。萬太郎《まんたろう》さんて作家さんなの。運命まで感じて、感激して飲んでみたら、歯磨き粉みたいな味だったって」

「葦沢《あしざわ》萬太郎ですか？『波乱萬丈《はらんばんじょう》 欧羅巴《ヨーロッパ》』とか『かっこいい大人にはワケがある』、俺も読みました」

「アシザワ……？」

私は、テオから何度も聞いた名を思い出した。植芝さんが熱を帯びた目で教えてくれる。

「ええ、鉄道を愛する旅行作家の大御所ですよ。紀行文やエッセイが面白いんです。舞台や音楽、美術なんかの話もよく出てきて。たしか老舗旅館の跡取りでしたが、家業は弟に任せて、ご自身は旅と文筆に勤しんでいらっしゃるんですよ」

「パリはお気に入りよね。家を借りたってなにかで読んだ」

「つまりそのアシザワさんは、パリに家があって、パリでお食事などもしていると……？」

もしかして、パリの店に来ていたアシザワさんとは、そのひとのことではないだろうか。テオから何度ムシュー・アシザワの名を聞いただろう。

「翁は、私がパリで働いている時にナス料理を気に入ってくださって以来、目をかけてくれていたようなんです。その頃店によく来てくださった方の中に、アシザワさんというお客さまがいらっしゃるんです……」

北濱さんと植芝さんが、顔を見合わせる。

「まさか、葦沢萬太郎さんが、翁？　たしかに日本にもパリにも家がある」

「芸術にも造詣が深くて、お金持ちですね」

北濱さんが、悲鳴にも似た声をあげた。

「ねえ〈あたたかい雪〉って、温泉のことじゃない？　雪見露天風呂！　葦沢さんの実家の旅館は奥飛驒《おくひだ》の温泉郷にあるのよ！」

心臓の中で、何羽もの小さな鳥が、しきりに羽ばたいているみたいだった。

もしも葦沢さんがアシザワさんで、翁なのだとしたら、東京の店も訪れているはずだった。だとすれば、颯真ならば、見覚えがあるかもしれない。

鮮やかな緑色の飲み物を手にテントへ戻ってきた颯真を、すがるように見た。

植芝さんが検索してくれた葦沢萬太郎氏の近影は、こちらを睨みつけているようだった。強いまなざしに、不機嫌そうな眉。角ばった輪郭がいっそう、気難しそうに見えた。

すみずみまで写真をじっくりと確認した颯真は、三秒ほど目を閉じた。

「何度かお見えになりました。いずれも男性数人で、奥さまはご一緒じゃありませんでした。ナス料理をご注文されたこともないですが、付け合わせには出ていたかもしれません」

北濱さんと植芝さんが色めき立つ。

私は、暴れる心臓を手で押さえた。

心臓を突き破って、鳥たちが今にも飛び立ちそうだった。その羽ばたきに乗って、私まで一緒に、飛びあがりそうに思えた。

奥飛騨へ向かう道は、山々に抱かれるように、続いていた。山は上の方から早くも色付き、時がまたたく間に過ぎているのを実感する。

＊

あれから葦沢萬太郎氏の著書を何冊か読んだ。鮮やかな筆致に導かれるように、風景が蘇った。私が勤めたレストランは出てこないけれど、シテ島の街並みやポン・ヌフの先端の公園、セーヌ川を往く観光船バトー・ムーシュに文学カフェ、ルーヴル美術館やノートルダム大聖堂前のいろいろな言葉が交じる喧騒など、なつかしい風景が描かれていた。私には、彼が翁だと、ほとんど確信めいて思われた。

翁は、私のことがわかるだろうか。

奥飛騨の温泉旅館に向かう一本道の上には徐々に雲が広がり、山々の峯を黒い雲が覆い出した。ぽつりと最初の一粒がフロントグラスに落ちてきてから、どしゃぶりになるまであっという間だった。強い雨と、道路に並走する川に、なんとも言えない苦みを嚙み締めて、先を急いだ。

葦沢旅館は道沿いのどの旅館よりも目立っていた。

畳ほどの一枚板に力強い揮毫《きごう》で書かれた看板と、珍しい唐破風《からはふ》の入口には、老舗の威厳が漂う。本館、新館や別館などが迷路のように入り組み、案内板には露天風呂や大浴場、和洋中の各食堂に、ライブラリー、カフェラウンジなど、矢印が入り乱れていた。私ひとりなら確実に迷子になる複雑さだ。館内の至るところに美術工芸品を飾るミニギャラリーがあり、客室の床の間にも流麗な掛け軸が飾られていた。

颯真はあれこれ工面して二日間の宿泊を手配してくれた。敷地内に仕事場を構える葦沢氏へのアポイントは断られたけど、宿の手配サイトの口コミには館内での目撃情報がいくつかあった。颯真の調べによると、葦沢氏はちょうど旅から帰国したところらしい。

「遭遇できるとしたら、ここが濃厚だろうな」

颯真は館内地図を手に、ライブラリーとカフェラウンジを指さした。本館ロビーの片隅に据えられたライブラリーは、葦沢氏の蔵書などを収めた場所らしく、誰でもふらっと立ち寄れる開放的なつくりになっていた。天井まで連なる本棚が三方の壁を覆い、本やレコード、CD、DVDが収められている。棚のところどころにはガラスや陶磁器が飾られ、並んだ木工の椅子はひとつとして同じものがなく、こだわりを感じる。

一日目も、二日目も、葦沢氏は現れなかった。私は座り続けて痛む腰と、コーヒーの飲み過ぎでちゃぽちゃぽいう胃を抱えて、三日目もライブラリーの一角に腰を下ろした。昼前のチェックアウト時間までが、最後のチャンスだった。

いざ翁に会うとなると、ようやくマダムとの約束を守れる安堵感と、底知れぬ不安に襲われた。

私は、翁との約束を守れなかったから。

翁の支援を受けて開いた小さな店を、私は守りきれずに、最終的に支援を辞退した。失望させたことは間違いがない。それを翁がどう思っているのか知る由もないけれど、歓迎されないだろうと思えた。どうやって話を聞いてもらったらよいか、どう話しかけようか、三日間ずっと悩み続けた。

しかし、目の前に現れたのは葦沢氏ではなくて、私の分まで荷物をまとめた颯真だった。

「チェックアウトしてくる」

颯真は箱の入った風呂敷包みを私に預け、荷物を足元に置いて、受付へ向かった。ロビーでは、チェックアウト時間を知らせるグランドピアノの生演奏がはじまった。

いっそこのまま、翁とは会わず、箱に手紙を書き添えて、置いていこうかとも考えがよぎる。けれども万が一にも翁の手に渡らなかったら、マダムとの約束が果たせない。そうなれば今度こそ私は、自分のことが赦せなくなる。恩を受けるばかりで、返すことも手渡すこともできず、見合わない自分でいるのは苦しかった。もう会えないひととの最後の約束くらい、きちんと守りたかった。

風呂敷包みをほどき、桐箱の蓋を取ってのぞくと、つややかな漆黒の鏡面に、私の顔がぼんやり映った。

その影がふと曇る。そこに、声が降ってきた。

「ほう、漆ですな。ははあ、たいそう手の込んだお品だ。この結晶模様の繊細なこと。青貝もそれぞれ貝の種類を変えて雪花《せっか》の奥行を出しておるんですなぁ。もうちょっと見せていただけますか。蒔絵も技術が高い。世が世ならマリー・アントワネットも目を留めたかもしれませんな」

目の前で、舐めるように漆の箱を見つめるのは、写真と同じ、ぎょろりと強い瞳と、怒ったような眉間の深い皺、そして角ばった輪郭の、葦沢萬太郎氏だった。

意を決して、私は、何度も練習したように、箱のことを話した。

「これは、私が水害に遭った時に、奥さまから預かったものなんです」

自分の店、という響きには、よろこびはもちろん、想像以上の重みも伴っていた。

翁が支援してくれた店を繁盛する店にしなければと、いつも肩に力が入っていた。「心が躍る店を」と託してもらった想いを、きちんと形にしなければと、熱がこもった。

川沿いの遊歩道にも近い店には、ふらりと訪れてくれるお客さまもいらしたけれど、きちんと利益をあげなければ、店の存続だけでなく、力を貸してくれているスタッフたちを守ることもできない。雑誌やテレビ、広告にケータリング、声がかかればなんでも引き受け、一年、二年と時が過ぎた。自分の想いから少し外れた依頼でも、それが仕事と言い聞かせて取り組んだ。少しでも話題になり、客足が増えればと考えていた。それが翁へ報いることだとも。

あの大雨の日にも、同じ思いで、取材を受けていた。

依頼があった三日前の時点では、台風の進路からは外れていた。大きく進路が変わり直撃を受けるとわかった当日朝の段階でも、午後早くの取材は、警戒時間帯の夜までには十分時間があるはずだった。前の取材が長引く可能性は聞いていたものの、夜までかかるはずはないと甘く考えていた。取材クルーは遅くなり、台風は早くなり、不運が重なった。

取材クルーへの連絡はいつまでもつながらなかった。スタッフの中にはたびたび急な仕事が増えることに不満を持つひとがいることも知っていた。雲行きを心配して取材中止を助言してくれるスタッフの思いもよくわかっていた。いよいよ雨足が強くなり、私ひとりが残ると言った時には、自分たちがいないと仕事にならないと心配してくれるスタッフもいた。きっと中止の連絡が来るから、それを受けて私も帰ると説得し、ひとり店に残ってから約一時間。川の水位上昇の報せに、店を閉めて出ようとしたところ、ようやく取材クルーが訪れた。

季節に先駆けたジビエ料理を出す予定だった。ジビエ料理は安全面から温度管理が必須条件になる。しかし予定の四分の一ほどの取材時間で、料理を出すよう求められた。下拵えは済んでいたものの、この状況で満足いくものをつくれるはずがない。けれども、時間がかかればその分、全員の命を危険に晒すことにつながる。実際に食べるわけではないから、画が撮れれば十分だというスタッフの言葉を真に受けて、短時間での撮影を終えた。クルーを送り出し、土砂降りの中、店の前に必死に土嚢《どのう》を積んで自宅へ足を向けた時、サイレンが鳴り響いた。

荒ぶる川の前に、小さな店はあまりに脆かった。

店は腰の高さまで水に浸かり、近寄ることもできず、ようやく中へ入れたのは、三日後のことだった。変わり果てた店の姿に、言葉を失った。

ひどいにおいがした。泥まじりの汚水と、食材の腐敗した強烈なにおいは、鼻を押さえずにはとても歩けなかった。床はもちろん、客席やテーブルも泥にまみれ、厨房の冷蔵庫は横倒しになり、食器が割れて散乱していた。お守りのように冷蔵庫に張り付けていた翁の手紙が無くなっていたのも、不安を大きくした。

店のものはほとんどが使えなくなっていた。水を吸った家具の修理は半年先までかかると言われ、水に浸かった調理機器や調理器具は、たとえ直ったとしても衛生面から使う気になれず、無事に残ったのは、吊戸棚に保管していた一部の食器くらい。いくら泥を掻き出しても残るにおいは、本当に消えるのか不安になるほど、強烈だった。大切なものを穢《けが》してしまったような、なんとも言えない苦しさに胸が押し潰されそうだった。

数日後ようやく電気が復旧し、テレビをつけたところに、あの時のジビエ料理が目に飛び込んできた。

切り分けられた断面は、火入れが甘かった。普段なら決してお客さまに出したりしない。けれどもその映像は店の名や連絡先とともに流れてしまっていた。

番組コメンテーターに料理人がいたのも、不運だった。温度への疑問が呈されると、店の電話が鳴り出した。問い合わせを装った苦情やお客さまからの不安とお叱りの声、朝店に行くとひどい落書きがされていることもあった。

かなりの重労働になる店の復旧作業に加えての精神的な打撃に、日に日に疲弊したスタッフは、ひとり、またひとりと去って行った。あなたにはついていけない、とはっきり言うひともいた。

冷たい床に這いつくばり、棚下に残った泥を掻き出していた時、翁からの手紙が見つかった。手紙がまた手元に戻ってくれたことに、私は心から感謝した。あの言葉が、これまでのように、私を支えてくれる気がした。泥を拭き取り、破れないように注意して、そっと便箋を取り出した。

けれどもそこに期待した言葉は、なかった。

インクが水ににじみ、文字は消えて、その名残の薄い青だけが、ほのかに残っていた。

その場から、立ちあがる気力も、残っていなかった。麻痺したようになにも感じなくなった。なにを食べても、味がわからなくなり、心は躍らなかった。

たとえ復旧できても、店を続けるのはもう無理だとわかった。

翁の支援を辞退するしかないと。

店の電話を持ちあげ、マダムの連絡先を押した時、店の外で賑やかな音が鳴り響いた。

「はい、ウイです」

電話口と店の入口からステレオで声が聞こえた。扉を開けると、遠い空の下にいるはずのマダムが、キャリーケースを手に、佇んでいた。


「これは魔法の箱だと、奥さまは話していました。私を幸運へ導いてくれるはずだと。最初私はそれを信じていなくて、ちょっと叱られました。信じることは大事だって。信じられなくても、試しに持っていなさい、効果が現れなければしかるべき形で処分すればそれなりの金額になる、そういう幸運かもしれないしと」

葦沢翁は、腕組みをしたまま、目を閉じて私の話を聞いていた。門前払いされず、話を聞いてもらえたことに感謝した。いつも不機嫌そうな顔からは感情が読み取れないものの、瞼の裏にマダムの姿を思い浮かべているのかもしれない。

お世話になった礼を伝えようとした瞬間、冷ややかな声が浴びせられた。

「分かりましたぞ。つまりあなたは、その箱を、私に、売りつけたいんですな」

「いえ、違います！」

文字の消えてしまった翁の手紙を取り出したが、葦沢翁は眉ひとつ動かさなかった。私を支えてくれた手紙を、忘れてしまっているらしかった。いや、もしかしたら私に失望していて翁とは明かさず、手紙のことも、なかったことにしたいのかもしれない。

「魔法だ、幸福だと、そうやって値を吊りあげたいのでしょうが、こうした場では得策ではありませんな。ものも悪くない。そう古い時代のものではなさそうだが、その品質ならのちに資産価値があがることもたしかにありえるでしょう。投資としては悪い話ではない。ただそれが、果たしてこの爺の寿命の尽きる前かどうか。第一、ぽっと現れた持ち込みにぽんと大金を出せるとお思いかな。出入りの美術商を通すなり、骨董商と連れ立ってくるなり、もうちょっとよくおつむを使うんですな。だいたいあなたのご苦労は、ひとにおもねった結果の判断ミスでしょう。自らの軸を貫けなかった弱さが招いただけです。哲学がないのです」

返す言葉もない。耳を覆って、この場から逃げ出してしまいたかった。でも。

「ええ。ですから今度こそ、約束を守りたいんです」

せめて箱を受け取ってもらおうと渡しても葦沢翁は取り合わず、一銭もいらないと話しても、受け取ればあとから請求を送られても文句が言えないと突き返してくる。

「でも私は約束したんです。奥さまが、亡くなった後に、あなたに届けてほしいと」

「さきほどから、奥、奥とおっしゃるが、どちらの奥さまか。なにか勘違いされておられるようだが、うちの家内はあそこでずっとピアノを弾いておりますぞ」

葦沢翁は、ロビーでグランドピアノを奏でるご婦人を指さした。

＊

「雪の結晶は、どれも違った形ですね。材料は全部同じ水で、同じ雲から降ってきても、どれも違うのです」

マダムはあの日そう言って、私の前に、漆の箱を取り出した。

「雪の別名をご存じ？　六花《りっか》というの。昔の方は風流ですね。厳しい寒さの中にも、うつくしさを見出すことを忘れませんでした。空から花がひとりひとりに降り注ぐなんて、祝福のようではありません？　それを祝福と受け取るか、不運や試練と捉えるかは、そのひと次第ですけれども」

翁の支援を辞退したいと話す私に、マダム・ウイは、首を縦に振った。引き留められないのがありがたい反面、マダムをも失望させてしまったのだろうと思うと胸が痛んだ。

「心が凍り付く日があっても、いつかそこにも、雪の花のようにうつくしいものを見出せる日も来ます。あなたなら、その目を磨くことができるはず。ただ……いくらか、練習は、必要ですね」

「練習、ですか？」

「ええ。くらしの中のささいなことにも、目を凝らし、心に照らして、手を伸ばすこと。それから、大きく息を吸って、ゆるむこと。体でも心でも、ゆるむと少しの隙間ができるでしょう。そこに新しいものが生まれたり入り込む余地ができますよ」

それは一見簡単なことのようで、意識しなければ、流れてしまうことにも思えた。

「そして一番大切なのは、心にもごちそうをあげること。文化や芸術に触れてごらんなさい。そこにあるのはうつくしさや癒しばかりではありません。時には醜さやおそろしさに出逢うことだってあります。共感したり、考えたりする時間が、あなたの心にたくさんの養分を蓄えてくれます。心を震わせた時間が、厳しい冬の中にもうつくしさを見つける力をくれるの。そのうちにいつか必ずこの箱が、あなたを幸運へ導いてくれる」

子どもだましだといぶかる私をたしなめて、マダムは、効果がなければ売り払うよう言いわたし、箱を託して立ち去った。

もしかしたらマダムは私に気を遣わせぬように、魔法の箱だなんてつくり話をしたのかもしれない。本意は、これを売って店の再建に用立てることだったのではないかと思う。

それは、葦沢翁がこの箱を札束扱いしたのと、そう変わらないはずだった。同じことのはずなのに、そこに想いが伴わないだけで、その印象はまるで違っていた。葦沢翁が翁ではなかった落胆とともに、そのことが、棘のように心に刺さっていた。

心と心が重なることとは、なんと難しくて、奇跡のようなことだろう。

そう思えば思うほどマダムの言葉が思い出され、その不在が、身に染みた。そして、いっそう強く、この箱を翁の元へ届けたい、と思った。

「有悟、この肉、もらっていい？」

二時間ほど車を走らせオートキャンプ場に落ち着くと、颯真がキッチンカーの厨房に立った。私が返事をするのを待たずに、手際よく仔牛肉をごろごろの角切りにして、バターとともに厚手鍋に放り込む。

どうやら、いつまでもぐずぐずしている私にしびれを切らしたのか、夕食をつくってくれるつもりらしい。

肉をさっと炒めたところに、水と白ワインを注いで、野菜の支度に取りかかる。調理台には、ニンジンやタマネギ、セロリ、マッシュルームなどが準備されていた。ニンジンを五、六センチもの分厚い輪切りにし、セロリは食べやすい大きさに、マッシュルームは丸のまま、タマネギにはクローヴを一本刺した。厚手鍋の灰汁をすくい、野菜とブーケガルニを加えて火を落とす。

颯真が私に料理をつくってくれるのは、二度目のことだった。店仕舞いを済ませ、実家に戻った私の元へやって来て、ニンジンのラペをつくってくれた。それしかつくれなかったから、とあとから聞いたが、そんなふうに話ができたことがうれしかった。

私のパリ行きが決まったあたりから、颯真とは行き違いが増えていた。あの頃颯真は大学や劇団が忙しそうで、気を遣わせないように直前に話したのが、いけなかったらしい。帰国の時も、てっきり颯真は俳優になるものと思っていたから、新生活が落ち着いたら連絡しようと思っていたのに、新しい職場へ行ったらスタッフとして顔を並べていて、気まずい雰囲気になってしまった。事前に教えてほしかったとオーナーに申し立てたら兄弟なのかと逆に驚かれた。顔も雰囲気も似ていないから、名字が同じでも、赤の他人と思われていた。

翁の支援で独立を決めた時、真っ先に、颯真に来てくれないかと声をかけたけれど、断られた。颯真は私の何倍も頭の回転が速く、いろいろなことを見通す力があるから、きっと私が不甲斐なくて身を預ける気にならなかったのだと思う。結果的にそれは正しかった。

だからあの時実家に颯真が来てくれたのは、驚き、うれしかった。颯真は店の同僚から噂を聞き、私を案じてくれたのだった。

マダムの言いつけを守り、日常のささいなことも自分の本心で考えるようになると、少しずつ味覚は戻った。心のごちそうと言われても、はじめはわからないものも多かったけれど、劇場や演奏会へも出かけた。

けれどもまだ、強い雨音が聞こえると、体中から脂汗が吹き出て、手が震えた。

だったら、雨の日は仕事を休めばいい、と颯真は突拍子もないことを言い出した。もしかしたらあれは本気じゃなく、軽口だったのかもしれない。けれど私には、そのひとことが、肩の荷をぐんと軽くしてくれる、魔法の言葉のように感じた。

マダムの箱は、本当に幸運を運んできてくれたのだと思った。

颯真は鍋からいったん具材を取り出すと、バターと小麦粉を加えて煮込み、ほぐした卵黄と少量の牛乳を合わせたものを加えて、泡立て器で一気にかき混ぜた。強火でぐつぐつ煮込むと、白くとろりとしたソースになる。具材を鍋に戻し、生クリームとレモン汁を少々加えて、塩胡椒で味を調えた。

「よし。バターライスで食べよう」

できあがった白い煮込み料理は、ブランケット・ド・ヴォー。フランスの家庭料理では一番人気があるとも言われる、仔牛肉のあっさりしたクリームシチューのような料理。鍋ごとテントに運び、食卓を整えた。

バターライスの上にたんまりと具材を盛り付け、刻んだパセリを振ると、とてもおいしそうだった。じっくり煮込んだ仔牛肉のやわらかさと、くったりしたタマネギやセロリが、しみじみと私に寄り添ってくれるような、あたたかな味がする。うまみをたっぷり吸ったマッシュルームがぷりぷりとしていた。ソースをバターライスにまとわせて食べると、包み込まれるようだった。

なにより、分厚いニンジンはスプーンで切り分けられるほどやわらかい。

颯真がはじめてつくってくれたのも、ニンジンの料理だった。冷たいニンジンのラペは、繊切りどころか拍子木のようだったし、このニンジンだってかなりの厚みがある。だけどそこには、料理のうまい下手じゃない、特別なおいしさがあるように、私には思えた。

「……ニンジンは煮えてしまったけどね」

「え、この料理、ニンジン、生で出すんだったか？」

「ごめん、独り言。フランスにそういう言いまわしがあるんだよ。もうどうしようもないってこと。翁捜しはまた行き詰まってしまったし」

「少しゆるんだら？」

颯真はスプーンを置き、両腕を組んで頭の上に伸ばした。私らは向かい合って、いつものように左右にゆれた。

「少し前まで、雨の日には塞ぎ込んで、食事すらできなかったろ。劇場や映画館、美術館で長いこと過ごして、あれが好きだこれがいいと言えるようになってようやく、包丁が持てたじゃないか。それに比べたら今は、迷いはしても進んではいる」

あの時、マダムの言葉と颯真が私を支えてくれ、芸術やそれを生み出すひとたちが一歩を踏み出す力をくれた。

「ありがとう颯真。あの時来てくれて。あんなおおごとになったから、見放されてると思ってた」

「あのジビエは有悟らしくない一皿だった。なにか事情があるはずだと思ったが、口をつぐんで頭を下げてばかりで、もどかしかったよ」

「強い雨には休めばいいって言ってくれたことも」

「まさか本気で実行するとは思わなかったがな」

雨なら休みにすればいい。その分、一番やりたいことをやる店にしたらいい。

それなら、各地からおいしいものを取り寄せるのではなくて、そのおいしいものに直接手を伸ばして、憂き世を乗り越える力になるような料理をつくりたいと思った。

そう考えた時ようやく、心が、躍り出した。

パリの空の色に似たブルーグレーと、建ち並ぶ街並みのような生成色のテントを手配して、もう一度、心の躍る店をつくろうと思えた。

颯真は、スプーンで極太のニンジンを突き刺すと、それに思いきりかじりついた。

「ニンジンは、煮えてしまったらどうにもならないんじゃなく、食べやすく、おいしくなるだけだ。丘の上の廃校で店をやった時、お客さんが話してたんだ。自分の人生の舞台を見つけたって。僕もたぶんそうだ。芝居には向いてなかったかもしれないが、考えてみたら、今僕は毎日新しい舞台でギャルソンを演じてるみたいなものだよ。台本もなく、すべてアドリブで。葦沢さんの件もさ、考えようによっては、あのひとじゃないって情報を得たんだ。行き詰まったんじゃなく、一歩進んだんだよ」

最初の頃は、あんなに無謀なことに手を貸せないと言っていたのに、今では惜しみなく協力してくれている。ニンジンのぬくもりは、寄り添ってくれる思いのようにも感じた。

「また振り出しに戻って、情報をコツコツ集めるしかないね。私も学んだよ。最初に、ナスが好きかどうかをたずねればよかったんだ」

「振り出しってわけでもないよ。次の一手はもう決まってる」

颯真は、ポケットからメモを取り出して、秋の終わり頃、と呟いた。

「次の行き先は海沿いの町だ。瀬戸監督に会いに行こう。北濱さんが連絡を取ってくれて、先方とはもう話をつけてある。ちょっと気難しそうなひとだったけど」

おぼろげな記憶を辿ってみると、たしかにあの時、葦沢氏の他に、映画監督の名前も挙がっていた。

「瀬戸監督も、翁を捜したことがあるって、言ってたね」

「とりあえず、一撃目の電話で叱られた。作品も観ずに連絡してくるとはどういう了見だと。だから有悟が箱を抱えてぬぼーっと座ってる間に、ＤＶＤを観た。葦沢ライブラリーが充実してて助かったよ。翌日もう一度連絡したら、多少話は聞いてくれた。監督のお遊びの会とやらを手伝うことになったよ」

「うん、わかった。料理考えておく」

映画も観ておくように、と念を押される。

約束を守れる日は、まだ遠いのかもしれない。

でもその日まで、私は私が選ぶ一歩を、進めていくしかない。

思いを確かめるために、風呂敷包みから、漆器を取り出して眺める。

蓋も側面もふっくらと張り出した六角形の静謐《せいひつ》な暗闇に、粉雪のような金の粉と、虹色に光る螺鈿の雪の花が浮きあがる。

「中には、なにが入ってるんだ？」

「知りたい？　開けてみればわかるよ」

私は、蓋にそっと手をかけ、息を詰めて、それを外す。

私たちは一緒に、その中をのぞき込んだ。

ピオニエのメルヴェイユ

夕暮れブイヤベースと船

溺れる者は藁《わら》をも摑むという。

あたしは、運がよかったのだろう。摑んだのは藁みたいなか細いものではなく、太くて重厚な、ガラス扉の取っ手だったのだから。

その場所は、小さな映画館だった。背の高いビルに埋もれるように佇む建物は、控え目だけど存在感があって、青いタイル張りの外観が、澄んだ空に溶け込むようにきれいだった。扉の横に貼り付けられた〈うみねこシネマ〉の文字は小さく、フィルムを象った看板も目立たないのに、あたしにはその独特の佇まいと重たそうな扉が、光に包まれているみたいに見えた。

いつも眺めるばかりだったその扉をはじめて押したのは、ガイダンスの帰り道。風が強く吹いて、街路樹の葉を乱暴に散らしていた日だった。

あの日、一瞬、呼吸の仕方がわからなくなった。

服飾系専門学校生の生活は思っていたより忙しくて、課題や就職活動の波が容赦なく押し寄せ、はじめたばかりの独り暮らしはすぐに家事が滞った。数日眠らずに必死につくりあげても、今の流行から少しずれているらしいあたしの作品には、全くと言っていいほど評価がつかない。好きで選んだはずの道が息苦しくなり、学内コンペを勝ち抜く同級生たちを羨んでは焦り、もがくたびに深い水の中に沈むようで、なにもかもうまくいかないと感じていた。

どこか遠くに逃げ出したくても気力も体力もなくて、ふと目に留まったのが、映画館だった。足を向ける回数は少しずつ増えていった。うみねこシネマでやさしい闇に抱かれる時間は息継ぎのようで、あたしにも映画みたいなことが起これぱいいのに、と夢を見れば、荒波の押し寄せる海にも戻ることができた。

扉を開け、ほんのりと漂うバターの香りに鼻をひくつかせて、白黒のブロックチェックのカーペットを横切る。だんだんと濃くなる香りを胸いっぱいに吸い込みながら、黒い階段の脇にあるチケット売り場兼売店を目指す。そこには、双子みたいにそっくりなふたりが、その顔に好奇心をたっぷりにじませて座っている。

「瑠璃《るり》ちゃん、そのからし色のワンピースとってもすてきねぇ。それも自分でつくったの?」

「靴下の色もいいわ。渋そうなぶどうジュースの色って、からし色と合うのね」

若いひとはおしゃれねぇ、とショートボブの白髪を揺らしながら笑うのは、ふたり足して御年百五十歳の姉妹、優未《ゆうみ》さんと寧子《ねいこ》さんだ。ザ・ビートルズとほぼ同世代だというふたりはおしゃれ好きで、色鮮やかなニットやツイードを外国のマダムみたいに着こなしている。彼女たちこそ、この小さな映画館を切り盛りする二代目支配人であり、映写技師でもあった。学生料金を支払うたびに出す学生証で名前を憶えてくれたらしく、たびたび話しかけられた。

ふたりの背後には、大きく引き伸ばしたモノクロ写真が飾られている。きらきらと光を反射する海と、戯れるように飛ぶ鳥たち。うみねこかと尋ねると優未さんは、さあねぇと首を傾げた。

「古い映画の一コマらしいの。なんの映画かもわからないけれど、鳴き声を聞いたらわかるでしょうねぇ。うみねこって、猫みたいな声で鳴くんですって」

ふたりは物知りで、オートクチュール刺繡の勘どころやトリュフの探し方、京劇俳優の演技の秘密など、ふつうに暮らしていては知りようもないことまで、よく知っていた。

「なんでも映画から教わったの。おしゃれや恋の仕方、歴史文化から社会問題までね。映画は世界をのぞく窓なのよ。映画を観る私たちは、才能あふれる天才彫刻家や、幼い少女、独立運動家の心の内だって、感じ取ることができるでしょう?」

ふたりのこだわりは、作品の選定にはじまり、丁寧に淹れたコーヒーと塩加減が絶妙なバターポップコーン、ロビーに置かれた海外製の真っ赤な電話ボックスや椅子にいたるまで、すみずみに行きわたっていた。シアター内の座席はもちろん、ロビーの片隅に並ぶさまざまなアンティークの椅子もとびきり座り心地がよくて、体のこわばりがほどけていく。

とくに好きなのは、一対の青いヴェルヴェット張りの椅子。身を沈めると、湯舟につかった時みたいな深い息がこぼれる。

シアター内でも、あちこちからふうっとゆるむ息づかいが聞こえるたびに、誰かとそのひと息でつながっている気がした。同じ闇に包まれて映画の世界を旅すれば、言葉を交わさなくても、その場に居合わせたひとたちと、なにかを分かちあった気分になる。たびたび顔を合わせる常連さんもいて、地域に愛されている場所だと思っていたし、それはいつまでも続くものだと信じていた。


季節が冬にまた一歩近づき、自動販売機のボタンがあたたかい赤ばかりになった日のことだ。

「次の上映で、閉館するの」

優未さんがさらりと笑顔を見せたものだから、あたしはつられて微笑んでしまい、次の瞬間にとてつもなく後悔した。

「そんな顔しないで、瑠璃ちゃん。ずっと考えてきたことなの。これぞって思える作品が見つかったら、最後にしようって」

「私たち好みが違うものだから、もう十年近くも意見が合わなくてねぇ」

やっと見つかったの、とうれしそうな彼女たちに、どう声をかけたらいいのかわからなくて、来てねという誘いに頷くのがやっとだった。

学校よりも、映画館で過ごす時間の方が、ずっと多くなっていた。

ガイダンスのあった日、あたしはたぶん、現実というものを知った。入学前、学校案内の華やかさと重ねた夢は、自分の未来そのものに思えた。だけど就職活動ガイダンスで、夢とは遠くて儚いものなのだと突きつけられた。学内コンペを勝ち抜けないあたしには、夢を語る資格すら与えられず、少ない選択肢から手の届く未来を選ぶ手順だけが説明された。考えれば考えるほど、うまく呼吸できなくなった。意識するほど息苦しくなって、学校を飛び出し、映画館に出逢った。

ブランドを立ちあげたり、ショーを開催したりといった同級生の活躍を横目に見ながら、あたしは映画館をたよりに生きてきた。ここがなくなったら、どうやって呼吸を取り戻したらよいのか、想像すらできない。

閉館を聞いた日に観た映画は、ほとんど覚えていない。断片的に残る映像の記憶はどれもにじんだり、歪んだりしていた。

ふたりが最後の上映作品に決めたのは、イギリスのファッション・デザイナー、マリー・クワントのドキュメンタリー映画だった。棚一面に並んだ、布の質感を感じさせる真っ赤なチラシに、心惹かれ、胸がつかえた。

最後の日、優未さんと寧子さんはいつもどおり、やさしい闇へ送り出してくれた。

映画は、マリーの言葉ではじまった。

ファッション史の授業で習ったことが、圧倒的な現実感を伴って、目の前に広がる。気持ちに直接響いてくる音楽と、あの空気を吸って生きてきた目撃者たちが親密な声で語る、生きたスウィンギング・ロンドン。六十年代イギリスに満ちた濃密な気配が、スクリーンのこちら側まであふれてくる。あたしとそう変わらない年頃のひとたちが新しい文化を生み出し、熱を持って受け容れられ、共鳴しあうのを、その場に吸い込まれたかのように体験した。

マリー・クワントが切り拓く自分らしさの選択肢と自由が、世界を変えていく姿はまぶしくて、客席が明るくなってもあたしは動くことができなかった。

ずいぶん時間が経っていたのだろう。気づくと、優未さんと寧子さんが、あたしの両隣に腰かけていた。

「終わっちゃったわねぇ。振り返るとあっという間」

「激動だったものね。世の流れも災難もこっちの都合なんて考えちゃくれないし、フィルムからデジタルに変わるときだって、大変だった。あっぷあっぷしながらも、なんとか続けてこられた」

ふたりはなにも映っていないスクリーンを、いとおしそうに見つめていた。

「終わりよければすべてよしって言うじゃない？　大好きな作品で締めくくれて最高だったわねぇ。好きなものではじまり、好きなもので終われたもの」

「……さびしくなります」

ようやく絞り出した声は少しかすれた。寧子さんが、ふいにあたしの顔をのぞき込む。

「瑠璃ちゃん、ロビーの青い椅子、ひとつ使わない？　気に入ってくれてたでしょ。開館の時に父がヨーロッパから取り寄せたものなの。ここはなくなるけど、時々思い出して、映画を楽しんでくれたらうれしいわ」

いい考えねぇと優未さんが小さく手を叩いた。

「好きなものは増えれば増えるほどあなたを強くする。たくさん出逢ってほしいわ、映画でもお洋服でも本でも」

もしかしたらふたりは、あたしがあまり学校に行っていないことに気づいていたのかもしれない。たくさん話しかけられたのは、気にかけてくれていたからだと、今になってわかる。遠慮がないわけではなかったけど、椅子に託してくれたふたりの想いを、ありがたく受け取ろうと決めた。


そこからの数日間は、散らかった部屋の掃除に明け暮れた。それはあたしが好きなものをひとつずつ確認する作業でもあった。独り暮らしのために揃えた家具や食器、デザイン画やつくり溜めた服などがすっかり片付く頃には、優未さんの言葉の通り、好きなものたちがあたしに力を与えてくれていた。あの椅子と、好きなものたちに囲まれていれば、もう少しだけがんばれるかもしれないと思えた。

椅子を迎える日、あたしは久しぶりに一日中を学校で過ごした。受け取り時間が指定できず困っていたが、大家さんが引き受け、部屋に入れておいてくれるというのに甘えた。

学校では、あたしがいてもいなくても、誰も大して気に留めない。みんな自分のことで精一杯だし、来なくなるひとだって珍しくもない。ここに限ったことではないけど、ひとは日々の荒波に呑まれて、簡単に溺れてしまう。

昼過ぎに配達完了通知が届いてからは時間の進みが遅く、終業するなり弾かれたようにアパートに向かった。

いつも閑静な住宅地は、繁華街のようにざわめき、ひとが多く、歩きにくかった。すぐ横をけたたましいサイレンが通り過ぎ、こめかみにぴりっと力が入った。よくないことが起こっているらしい。

家々の隙間から、煙が見えた。風に混じり、なにかが焦げたような、ビニールが燃えたような、いやなにおいが届く。不吉な予感が繰り返し胸を打つ。大丈夫と何度も呟き、不安と心細さをなだめるようにして、喧騒のただなかへ分け入った。

目の前の光景は、スクリーンの向こう側よりもずっと、つくり物めいて見えた。

煙を吐き出しながら大量の水を受けていたのは、あたしの住むアパートだった。ベージュの外観の半分ほどが禍々しい黒い影に覆われていた。二階端のあたしの部屋は、割れたガラス窓の向こうに、闇よりも暗い室内が見えた。

泣けるほどの現実感はなかった。

電話の向こうの母の取り乱した声も、あたしの無事をよろこぶ大家さんの姿にも、心が動かない。ひたすら冷えていく心の中で、無事なんかじゃないと静かに憤った。

なくなってしまったのだ。あたしの好きなもの、大切なものは、すべて。

＊

窓外にはのどかな田畑が広がり、あれは幻だったんじゃないかと何度も思った。でも現実を裏付けるかのように、電車が終着駅に着く頃になっても、鼻の奥にはあのいやなにおいがこびりついていた。

部屋はあらかたが燃えていた。一階端の部屋から出た火は、すぐ上のあたしの部屋に燃え移り、それぞれの隣室を巻き込んで消し止められた。住人はみんな留守で怪我人もいなかった。

不幸中の幸いとわかっていても、よかったと素直に言えないのは、ひどいにおいのする真っ黒なその場所があたしの場所だとはどうしても思えなかったから。くすぶる燃えさしのどれがアパートの躯体《くたい》で、どれがあたしのつくり溜めた服や譲り受けた椅子なのかも、判別がつかなかった。小さな部屋に満ちていたあたしの好きなものたちは、暗い影に呑み込まれ、面影すらなくなっていた。

実家に向かう電車を駅で待つ間、疑問符や悔しさ、やるせなさが渦を巻き、衝動的に、先に来た反対方向行きの電車に飛び乗った。

こんな日こそ、映画館に行きたかった。いつか映画みたいな出来事があたしにも起こればいいのにと思っていたけど、望んだのはこういうことではない。

辛いのに、哀しいのに、涙は出ず、泣けなかった。

ゆっくりと電車が停まると、運転手のくぐもった声で、折り返しの発車時刻と、海岸まで徒歩五分ほどだと案内が流れた。海が近いらしい。発車までは四十分ほどあり、海を見て戻って来ても、間に合いそうだった。

暮れはじめた陽が、はじめての町をなつかしい色で包む。いくつか道を横切ると、かすかに潮騒が聞こえはじめた。細い路地の先にちらちらと光が見えた気がして、足を止める。狭く起伏のある道の向こうに、陽の光を散らばす海が、細い帯のようにのぞいていた。

入り江のようだった。路地を進むと、南北を切り立った崖に囲まれた、お椀のような地形が姿を現す。光は、その砂浜にもきらめいていた。イルミネーションを張りめぐらした塀が連なり、とんがり屋根の小さなサーカステントが六つばかり並んでいる。

テントのそばに、妙な男がいた。大きな荷物の傍らで歩みを進めては戻り、まるでステップを踏むような不思議な足取りで、砂を踏み締めている。全身黒ずくめのそのひとと目が合った。彼は大袈裟な身振り手振りであたしになにか伝えようとするものの、フォークダンスのようなその動きからは、なにもわからない。

声の届く場所まで近づくと彼は、猫のような瞳をくるくるとまわして、子どもみたいに邪気のない笑顔をあたしに向けた。

「泣きましたね」

困惑するあたしの靴の下で、小さく、きゅっと音がした。

「泣き砂というそうです。鳴き砂、鳴り砂とも。英語ではミュージカルサンドと呼ばれるのだとか。僕はうまくいかなくて。泣き方がお上手ですね」

泣けないあたしが、泣き方で褒められるのは、変な感じがした。でも、あたしの分まで、砂が泣いてくれているのだと思うと、少しだけ心が安らぐ。ふたりで砂を踏み締めているうちに、鼻の奥のいやなにおいは薄らいで、少しずつ、潮の香りが強くなった。

どこからかおいしそうな香りが漂ってくると、そのひとは急に表情を引き締めた。

「地元の方ですか？　日暮れ頃から開店します。よかったらいらしてください」

立ち並ぶ水色の縞模様のサーカステントは、移動式のビストロなのだそうだ。彼はビストロつくしというその店のギャルソンだという。

「帰りの電車賃くらいしか、持ってなくて。実家に帰る途中なんです」

気づいたら、反対方向行きの電車に乗っていたと話すあたしを、ギャルソン氏はじっと見て、指をぴんと立てた。

「もしお時間が許せば、少しだけ手伝っていただけませんか？　お礼はささやかながら当店特製の賄いでいかがでしょう。腕自慢のシェフが新鮮な海の幸をたんまり仕込んでいますから」

指さした先、北側の崖下には黒塗りのキッチンカーが停まっていた。むくむくとした大きなひとが、寸胴鍋をかき混ぜている。潮風に混じるおいしそうな香りが、あたしの胃を両手で抱き締めてきた。

今夜は特別な催しがあるそうだ。簡単な自己紹介を済ませ、借りたギャルソンエプロンをつけると、くるぶしまで隠れた。

「お食事を届けていただくだけなので、仕事は難しくはありません。ただ、気難しくてお話好きな方なので、丁寧に接していただければと。困ったら僕を呼んでください」

渡されたバスケットには、シャンパンボトルと、お料理の入った密閉容器が積まれていた。

届け先は、北の崖の中ほどに根を張った大樹の上。鳥の巣箱をそのまま大きくしたような、ツリーハウスだった。隠れ家めいた外観とは裏腹に、大樹までは手すり付きの階段が整備され、ツリーハウスには子どもでも安全に登れそうだった。

何度かノックしても返事はなく、ノブをまわすと、開いたドアの隙間から、巨大な蟬が羽ばたきしているかのような音がした。

部屋は暗く、正面の小さな窓に向かって、二台の機械が並んでいた。大きな羽音は、車輪のようなものをふたつくっつけた、その機械の片方から出ている。近づくと、先端から光が伸びているのが見えた。

光は南側の崖にまっすぐに届き、真っ白な矩形を描いていた。ぼんやりと浮かびあがる長方形は、次第に輪郭をはっきりさせ、羽音とともにふつりと消えた。

その光景に見惚れていたあたしは、声をかけられるまで、機械の間にひとがいることに気が付かなかった。

「関係者以外立入禁止なんだけど」

そのひとの目は丸眼鏡の奥で、真新しい裁ちばさみみたいに光っていた。ごま塩頭も頰から顎に延びる髭も、短く刈り整えられていて、いかにも気難しそうに見える。

「あ、あの、お食事を持ってきました」

頭を下げつつも、視線はついつい機械に吸い寄せられる。ふたつの車輪に巻き付いているのは、フィルムではないだろうか。

「もしかして映写機ですか?」

刃物めいたまなざしが急にやわらいだ。きっと映写技師さんなのだろう。

「〈暗い部屋〉には、似合いでしょう」

このツリーハウスのことだろうか。たしかに暗い。南の崖を向いたものの他、西にも窓があるが、真っ黒なカーテンが引かれていた。技師さんはその横の小さな作業台に食事を置くように言った。

添えられたメモに従って、グラスに輪切りの黄色いキウイを入れる。シャンパンの栓を抜けずに苦労していると、肩越しに手が伸びてきて、小気味よい音を立てた。グラスにシャンパンを注ぐと、技師さんは無言のうちに黒いカーテンを開けた。

部屋はたちまち茜色に染まった。

空と海が夕焼けに包まれている。

海に溶ける太陽があまりにもきれいで、窓から目を離せなかった。

小さな太陽みたいなキウイごと一気にシャンパンを飲み干し、技師さんはあたしをまじまじと見た。

「あなたはこの仕事に就いてどのくらいになるの？」

「今日だけのお手伝いなんです」

「だと思った。エプロンはサイズが合ってないし、シャンパンを開けられない店員には、はじめて会う。本業は？　学生さん？」

「はい。……続けられるか、迷ってますけど」

うみねこシネマも、好きなものもない今、もし溺れてしまったら、あたしはもう二度と浮上できなくなるかもしれない。想像することすら、怖かった。

技師さんは、にいっと口の端を吊りあげる。

「ちゃんと生きてるってことだ。時代は常に変わるから、人生は迷路だらけだ。考えもしなきゃ、迷うことすらできないもんだよ。人生の先輩として言えることはね、映画を観るといいってことくらいだ。映画は、世界をのぞく窓だから」

その言葉を、どこかで聞いたことがある気がした。

あたしが並べるお料理を、技師さんは次から次へと平らげて、グラスを何度も空にした。おいしそうな料理にお酒が進むのは無理もないが、仕事はこれからだろうに、ボトルはもうすぐ空になりそうだった。酔っているせいなのか、技師さんはよくしゃべった。

「時代と真っ向から組み合って変化してきた芸術って、他には思い付かないよ。元はカメラ・オブスクラ、〈暗い部屋〉って呼ばれた、穴を開けた箱。そこから写真が生まれ、連続撮影できるようになり、投影技術と結びついて、映画が生まれる。それからもタフに繊細に、変わる世の中を映しながら、変化し続けてる。変化は生き物の特権だよ。映画は常に今を生きてるんだ」

技師さんは立ちあがって、フィルムを見せてくれた。モノクロの画面には何が映っているかよくわからなかったけど、黒と灰色の濃淡の上に、白い点が星のようにまたたいていた。

「今じゃほとんどデジタルだけどね。好きなんだ、フィルムが。映画が光と影でできてるって、思い出させてくれるから。ちっぽけな箱に開けた針穴からでも、光は射し込んで、像を結ぶ。それがいくつも連なって、画になるんだ」

技師さんはグラスをぐいと飲み干すと、おかわり持ってきて、とシャンパンボトルを差し出した。ラベルにはノンアルコールと書かれていた。


夕闇の海辺に佇む、イルミネーションで飾られたビストロつくしは、映画の一場面のようにきれいだった。ギャルソン氏がテントのひとつから顔を出し、手招きする。入口をイルミネーションで縁どったテントをのぞき込み、思わず声が出た。

なんの映画に迷い込んだかと戸惑うような空間だった。シャンデリアと無数のランタンがかがやき、円筒形のストーブには青い炎がゆらめいている。金糸銀糸の綾なす蔓模様の絨毯や、アンティークのチェストが行儀よく並ぶ。そこにしっくりと収まっていたのは、うみねこシネマのあの椅子によく似た、青いヴェルヴェットの椅子だった。

「あちらはお任せを。開店前の慌ただしい中ですが、賄いをどうぞ」

ギャルソン氏はシャンパンボトルを受け取り、料理の前にあたしを座らせた。白いクロスのかかった楕円のテーブルには、技師さんに届けたのと同じ、おいしそうな料理が一皿に盛り合わされていた。キウイの入った背の高いグラスに、気泡をきらめかせながら淡く色付いた液体が注がれる。

「お仕事前ですから、ノンアルコールのシャンパン、正しくはスパークリングワインです。完熟キウイとお楽しみください。お料理は左上から、きのこのコンソメ、季節野菜のミルフィーユ、牡蠣《かき》のムニエル・トリュフ風味、秋ナスのキャビア風ポム・スフレ添え、サツマイモと栗のクロケットでございます。あたたかいうちに、どうぞ召しあがれ」

軽やかな足取りで、ギャルソン氏はテントをあとにした。

弾けながらのどを伝う爽やかさに、キウイの甘酸っぱさがにじんで、食欲を掻き立てる。

湯気ののぼるきのこのコンソメは、デミタスカップに少しばかりなのが惜しいほど、幾種類ものきのこのうまみがひとつに溶け合い、舌をよろこばせる。色とりどりの断面がきれいな季節野菜のミルフィーユは食べるのがもったいないくらい。ぷりぷりとした牡蠣には焼き色がつき、これがトリュフの香りなのだろうか、口に入れると複雑な味と香りがからみ合った。ボールのようにふくらんだポテトチップ、ポム・スフレは見た目もかわいらしく、ナスのキャビア風のまろやかさとの食感の対比が楽しい。ひとくちサイズの小さなクロケットからは、自然な甘みのクリームがとろりと流れて、口中に広がる。サツマイモと栗を味わいで確かめれば、頬がゆるんだ。

お腹も満ち、仕事に戻ろうとするのを、戻ってきたギャルソン氏が押しとどめる。

「もう少々お待ちください。シェフが瑠璃さんのために腕を振るっていますから。本日のスペシャリテは、ピオニエのメルヴェイユ。すぐにお持ちしますよ」

ギャルソン氏は、テントを出ると大きく伸びをして、体を左右にゆっくりとゆらした。

＊

ほどなく届けられたスープ皿には、夕暮れの海が浮かんでいた。

両手でそっとすくいあげてきたみたいに、海老やムール貝が盛り付けられている。

「ピオニエのメルヴェイユ、お料理は、夕暮れブイヤベースでございます。新鮮な海の幸をどうぞご堪能ください」

鼻先をくすぐるのは、浜辺に漂っていた、あのおいしい香りだ。

白身魚や帆立貝が心地よさそうに浸る夕暮れ色のスープを、滴らせながら口に運ぶ。

ほんのひとさじで、全身に、ゆたかな海がめぐった。

海老や魚介類の豊潤なうまみが、さざなみのように寄せては返し、味わいが余韻を引いて消える。そのうまみをたっぷりとまとった幅広の麺が、海の幸の下にはひそんでいた。

「お食事中、失礼ながら」

入口から届いた声は潮騒と溶け合い、大半が耳に届かなかった。白い調理服姿のそのひとの手には籠が握られていて、なにかを届けに来たのだとわかる。シェフ氏は、食べかけのスープをのぞき込み、頬をぷっくり盛りあげた。

クリームパンのような大きな手が、スープ皿の縁に、小ぶりなパンを添える。

「大海原に漕ぎ出すには、これがあった方が、安心ですから」

それは、小さな船に見えた。

ぴんと張った月桂樹《げっけいじゅ》の帆に風を受け、出航を待つ船のように。

「ピオニエとは、開拓者や先駆者のことです。どんな分野でもそうしたひとたちは、迷うことも多いでしょう。ブイヤベースは、私ら料理人を迷わせる料理でもあるんです。同じ名の料理でも、中に入れるものは店や家庭によって違いますから。南仏マルセイユでは、ブイヤベース憲章なるものを制定して本格派を認定していますがね、それでもみんな自分ちのが正統派だと言って、譲らずに好きなものを入れる。メルヴェイユは驚きって意味ですよ。迷いながらも好きを貫いてあれこれ試すから、おいしい驚きに出逢えるんです」

料理についた仇名のような言葉には、そんな意味が込められていたらしい。

好きなもの、と口にすると、胸が疼いた。

「あたしの好きなものは、もう、なくなってしまって」

火事に遭って、と口にした途端、鼻の奥がしびれ、スープの海がぼやける。ハンカチに手を伸ばす前にもう、大粒の涙がぼろぼろとこぼれ出ていた。自分で発した言葉なのに、身を切り裂くようで、あたしは無言で、涙を流し続けた。

やさしい声が、潮騒に重なった。

「いちばん大事なものは、残っているじゃありませんか」

シェフ氏は、船ですよ、と囁く。

「あなたの心が動いたこと、思い出してみてください。これまで出逢ったおいしいもの。すてきだと感じたこと。ひとつやふたつじゃないでしょう？　そうやってあなたの中に蓄えた形のないものは、消えちゃいませんよ。映画だって、フィルムからデジタルへ、物から形のないデータに変わっても、肝心の中身は変わりません。それがあなたの船です。大海の荒波に漕ぎ出す時の支えに、きっと、なるはずですよ」

うっすらと息苦しさが襲ってくる。かつて、呼吸がうまくできなかったおそろしさが、喉元に張り付いているようだった。

「目指す先がわからなければ、船はどこへも行けませんよ……」

シェフ氏は、線のような目をいっそう細めて、大丈夫、と力強く言った。

「あなたはあなたの人生の開拓者ですよ。未来を切り拓いているから、迷うんです。迷ってもいいんです。たとえ迷っても、どこかへ向かえるって、すごいことです。凪いだ海ではどこへも行けない。変化は、怖いかもしれませんが、特権でもあります。そういえば、監督と話をされたそうですね？」

あたしが首を左右に振ると、ツリーハウスで会ったはずだとシェフ氏が言う。あのひとは、技師さんではなく、映画監督だったらしい。今日は監督自らが企画した上映会なのだそうだ。

「気難しい方ですから、手こずったでしょう。私もいつも気合が足らぬ覚悟が足らぬと説教されまして。ですが、カメラ・オブスクラの話には、感銘を受けました。暗い部屋にも光は射し込み、像を結ぶはずだと。暗ければ暗いほど、ささやかな光も感じられるはず。あの方には映画、私には料理が、その光でした。あなたにも、感じる光があるはずですよ」

促されるまま、パンをちぎり、ブイヤベースに浸して口に運ぶ。噛むごとにスープが心の底に沁みわたり、じんわりとぬくもりを残すようで、深い息がこぼれ落ちた。

あたしは、ツリーハウスから見た光の四角形を思い出していた。ぼんやりとした四角形が、やがて輪郭をはっきりと描いた、あの姿を。


入口を照らしていたイルミネーションが、ふっと消えた。

シェフ氏はあたしを立ちあがらせ、青いヴェルヴェットの椅子をすすめた。腰掛けると、座り心地もあの椅子に似ていて、体のこわばりが少しずつほどけていく。

その位置からは、正面に、南側の崖が見えた。ただ、その姿は先ほどまでとは変わっている。ごつごつと切り立った表面は、つるりと滑らかな布に覆われていた。

横に立つシェフ氏が、お、と小さく声を漏らす。

崖の中腹に、きっぱりとした白い四角形が浮かびあがった。数字のカウントダウンに続いて、白黒の映像が現れる。

海が映っていた。

きらきらと光を反射する海と、戯れるように飛ぶ鳥たち。

うみねこシネマに飾られていた、あのモノクロ写真と同じ景色が、かがやいていた。鳥たちは、猫が甘える時のような声で鳴き、空と波の間を縫うように飛び交っていた。

「映画は、光と影でできていますね。光はそれだけではかがやくことができません。影があるから光の存在に気づくことができる。光も影も両方があるから、心が動くんですよ。私は思うんです。すばらしい芸術と、おいしい料理があれば、どんな影に包まれても、光を見失わずにいられるんじゃないでしょうか。そんな料理は世界で一番おいしいんじゃないかと」

映像には時折、雨のような光の筋が現れた。フィルムについた傷なのだとシェフ氏が教えてくれると、静かな感慨が、波紋のように広がっていく。

映画では、傷さえも、光になるのだ。

まばゆいばかりの光の雨の中、鳥たちが大きな声をあげて、一斉に飛び立った。


「間もなく開店しますよ。準備は万全でしょうね?」

テントの入口からギャルソン氏が顔をのぞかせると、シェフ氏は飛び跳ねるように出ていった。椅子から立ちあがろうとするあたしを、ギャルソン氏はまたも押しとどめた。

「瑠璃さんはデザートの試食をなさってください。これも立派なお仕事ですから。本日のデザート、メルヴェイユのパルフェです。エスプレッソとご一緒にお楽しみください」

ギャルソン氏は、椅子横のコーヒーテーブルに、銀のトレイごと小さなコーヒーカップと小ぶりなパフェらしきものを置く。

　脚付きグラスにこんもりと盛られた白いクリームと、その表面を覆うようにたっぷりかけられた削りチョコが、甘い香りを放つ。ビスケットを添えたその姿はかわいらしかった。

「メルヴェイユには、すばらしいという意味もあるんです。その名を持つフランス・ベルギーの伝統菓子をパフェに仕立てました。パフェの語源パルフェは完璧という意味ですが、フランスのパルフェはもっとシンプルで、アイスクリームに冷たい果実を添えたものだそうです。港が変われば料理も変わります。私どもなりの、すばらしく完璧なデザートにしてみました」

　スプーンを差し入れると、さくっと小さな音がした。口に含むと、なめらかなクリームの中に、さくふわしゅわっと、不思議な食感がある。知っているようなはじめてのような口当たりに驚くあたしを、ギャルソン氏が楽しげに見ていた。不思議な食感の正体は、メレンゲだという。掘り進めると、キャラメルがけナッツのカリカリとした歯ざわりと、ドライフルーツの甘酸っぱさが加わり、まさに完璧という感じがした。

　甘くとろけた口をエスプレッソの香ばしさが引き締めてくれると、あたしの頭も冷静さを取り戻し、このお店には、本当は手伝いなんて必要なかったんじゃないかと思えてくる。

　お料理だって、賄いにあんなに手間暇かけたものをつくるだろうか。お客さま用に準備したものだったんじゃないだろうか。もしかしたら、このデザートも。

わざわざたずねるのも野暮なようで、形にならない思いを、あたしは感謝とともに胸に深く抱き締めた。

かわりに聞いてみると、この椅子は、監督が昔の知人から譲り受け、ビストロつくしにゆだねたのだそうだ。店には、今日はじめて、並べたという。映画は世界をのぞく窓だというあの言葉は、優未さんと寧子さんから聞いたのではなかったか。

「ご実家へはもう迷わずに帰れそうですか？」

「はい。船を、教えてもらえましたから」

あたしは、椅子のなめらかな青い布地に手を滑らせた。

場がなくなっても、形がなくなっても、あたしの中に積もった想いやつながりは変わらない。

そして、好きなものは、増えれば増えるほど、あたしを強くする。

ギャルソン氏は満足そうに頷いた。

「もしも迷った時には、おいしいお料理を。できればあたたかいお料理を召しあがってください。では、次の電車の時間まで、こき使わせていただきますよ？」

いたずらっぽく瞳を光らせるギャルソン氏に続いてテントを出ると、空には、星が光っていた。

宵闇《よいやみ》の覆う空に、いくつもの、ささやかな光がまたたいている。
かつて星の光をたよりに大海原を航海したひとがいた。
あたしは、あたしの光と船をたよりに、漕ぎ出せる。
崖の中腹には、真っ白い四角形が映っていた。
その光の中に、あたしの映画が動き出すひそやかな気配を、感じていた。

フィロゾフのエスポワール

伊勢海老と帆立貝のメダイヨン

「のん、社会科見学のしおり忘れてる！　お弁当ちゃんと入れた？」

持った持ったーと軽い返事に眉をひそめつつ、小走りに出ていく娘の背を見送り、片手でエプロンの紐をほどきながら、まだのろのろと目玉焼きをフォークでつついている篤司《あつし》を急き立てる。乃愛《のあ》は六年、篤司は二年。小学生の重ねる一年の違いは大きい。自分で支度を整える乃愛に比べ、篤司は朝食を終えてもカレンダーの読み方プリントをのんびり解いていた。追い立てるようにして、ようやく送り出した頃には、時計代わりにつけっぱなしのテレビが天気予報を告げだして、慌てて足を速めた。

いつもより遅くなってしまったのは、お弁当づくりに、予想以上に手間取ってしまったからだ。日頃給食に助けられている身では、慣れないお弁当づくりが手際よくいくわけもなく、レシピの調理時間を参考に取り組んだものの、だいぶもたついてしまった。

冷凍食品でも詰めとけば、という夫の廉太郎《れんたろう》の言葉になぜかカチンときて、全部手づくりにしてやると我を張ったのもいけなかった。素直にそうしていれば、洗い終えた洗濯物を干すのを諦めずに済んだかもしれない。後ろ髪を引かれるが、もう出なくては、とても間に合わない。

自己ベストを塗り替えるほどの速さで化粧を済ませ、車に乗り込む。渋滞にさえ巻き込まれなければ、なんとか就業時間前に駆け込めるはず。

エンジンをかけた瞬間に、スマホが鳴った。

実家からだ。こんな時間にかかってくるのは珍しく、なにかあったかと背筋が冷えた。

《もしもし、桧和《ひわ》？　ひーちゃん？》

母の声は沈んでいた。私はデジタル時計を睨みながら、何分だったら話せるか、逆算する。

「ごめんお母さん、今出勤前なの。三分くらいなら大丈夫」

《ああ、忙しい時間にごめんなさいね。桧和、近々、帰って来られる？》

「なにかあった？」

《お父さんがね……》

父はこの頃、物忘れがひどいのだという。昨日などは、妹の仁奈《にな》と隣町でばったり会ったのに、誰だかわからなかったそうだ。病院に連れて行こうとして、大喧嘩になったという。

もう七分が経過していた。

「わかった、来週末なら行ける。その時に詳しく聞くね。じゃあまた」

せわしく電話を切って、ハンドルを握る手に力を入れ、アクセルを踏み込んだ。


父は、退職して数年になる。

長年勤めあげた会社を退いてからは、趣味もなく、ボランティアや町内会活動などに精を出すこともなく、会社員時代の同僚らとたまに会う以外は、なにもすることがないように見えた。

以前母に乞われて実家に帰った時も、朝からテレビをずっとつけたまま、新聞を隅から隅まで読むばかりで、どう扱ってよいか母も悩んでいた。体調や好みも変わるのか、手土産の天ぷら弁当も、あれほど好きだったのに、油分が多いとあまり食べなかった。退職したらふたりで旅をしようと相談していたそうだけど、行動力も好奇心もすっかりしぼんでしまったらしい。いざ誘うと、俺はいいって断られるのよ、と母はいつも愚痴をこぼしていた。

会社員時代の口癖は、ひとに求められるひとになりなさい、だった。

その言葉通り、なにごとにおいても仕事最優先だったからか、ふつりとそれが消えた父は、脆かった。

「お父さん、なにか新しいことでもはじめてみたら？」

食後すぐにテレビに向かう背に話しかけても、返事すらしなかった。

仕事に人生を傾けていれば、なすべき仕事やこなすべきタスクはいつだって山のようにあるから、それが消えてしまえばどうしたらよいのかわからなくなるのかもしれない。

私も似たようなものだから、父の気持ちも、わからなくはないのだ。

出産で一時離職した非正規雇用者にとって、契約更新は死活問題。定められた業務以外にも、きちんと更新や再契約をしてもらうためにと、寸暇を惜しんで努力を重ねている。

家の中で育児と家事を両立させるだけでもなかなかの苦労なのに、子どもの学校のＰＴＡや、習い事のお当番、子供会の役員など、なすべき役割は多々あって、できるかぎり多くのことをこなすには、隙間時間をいかに活用できるかが肝だ。

隙を見つけては用事を詰め込むから、一日が過ぎるのはまたたく間。だけど、真っ黒になるほど書き込まれたスケジュールは、求められた居場所があるということでもあって、自分のことにまで気持ちも時間もまわせなくても、私の人生が充実している証に違いなかった。


二週間ほどして実家へ行くと、父はでろでろに溶けたアイスクリームみたいな顔で孫たちを迎え、ふたりを連れて、お菓子を買いに出かけた。

「お父さん、元気そうに見えるけど」

「そうなんだけどね。時々散歩に出かけるんだけど、どこに行ってたのか聞いても、いつもラーメン屋としか答えないの。五星軒《ごせいけん》なんて、歩いて十分もあれば着くでしょう？　なのにだんだん帰りが遅くなってきて、何時間も帰ってこないこともあるし、買い物ついでにのぞいても、ラーメン屋さんにいないことも多いのよ。そう聞いても、覚えてないって言うの」

「なにか刺激があったらいいのにね。ほら、よく公園でお年寄りが集まってるじゃない？　グラウンド・ゴルフだっけ？」

「最初に、仲間に入れてもらうのが、億劫みたい」

「公民館に住民サロンみたいなのあるよね。よく地域のお年寄りが話したりしてる」

「あそこのひとたちは病気自慢が多くて。お父さん、健康だから、悔しいらしくて。負けず嫌いだからねぇ」

なんだかあべこべな話だが、共通の話題が見つからないと楽しくないのかもしれない。

「この間、仁奈と会った時もね、隣町の学習センターの前をうろうろしていたらしいの。仁奈が話しかけたら、最初は誰かわからなかったみたいだって。話してるうちにわかったらしいけど、どうしてそこにいるのかも答えられなくて、仁奈が車でうちまで送ってきたの。そのうち迷子になるんじゃないかと心配で」

「でも病院は、行きたがらないんだね」

「そう。俺には必要ないの一点張りで。どうしたものかしらねぇ」

玄関から父たちの声がして、私と母は声をひそめた。

乃愛と篤司は、ここぞとばかりに普段は買わないようなお菓子をねだったらしく、ほくほく顔で帰ってきた。

「そうだ、じいじ、いいもの見せてあげる」

乃愛はリュックから、社会科見学の写真を取り出して、茶卓に並べた。

「のん、足袋穿《たび》いたんだよ。お舞台にもあがったの」

この間の社会科見学で、能楽堂《のうがくどう》に行った時のものだ。乃愛はじゃんけんを勝ち抜いて舞台での体験に参加できたらしく、得意満面で、父にお能の立ち方や構え、摺り足をやってみせる。父は目を細めてそれを見ていた。

「のんちゃんはすごいなぁ。じいじはこんな立派なお舞台にあがったことはないよ」

「あがれるよ、じいじも。今度のんと行こうね」

そうかそうかと高い声を出してでれでれしている父は、いつもどおりの孫に甘いおじいさんに見えるのに、父の中で、目に見えないどんな変化が起こっているのか、不安になる。篤司の水族館見学の写真では、大水槽を泳ぐ魚の群れに、うまそうだなとコメントをして非難を浴びていたけれども、こんな他愛のない時間が、ずっと続くわけではないと思うと、心の内を木枯らしが吹き抜けるようだった。

就職を機に家を出たのはもう二十年近くも前のことなのに、二階にある私の部屋には、昔の勉強机や本棚がそのまま残っている。本棚には、宝箱も残っていた。

父の出張土産を収めた宝箱には、お土産のセンスがすこぶる悪い父が買ってきてくれた、やや不気味なうさぎのキャラクターが描かれたキーホルダーや、帆立貝に小さな貝をいくつもくっつけた謎の人形のようなもの、草鞋《わらじ》形の鉛筆削りなど、使えないけれども捨てられないもののばかりが、溜められていた。目を合わせずにお礼を言い、妹と顔を見合わせたものだ。

とはいえ、父が私たちのためにと、それなりに悩んで手に取ってくれたとわかるから、私たちも乱雑には扱えず、こうして名前ばかりの宝箱に収めてきたのだった。

こういうことも消えていくのだろうか。

いや、もしかしたらもう、覚えていないかもしれない。


その翌週のことだった。

「じいじから、電話があったんだよ」

土曜日の昼過ぎ、買い物から戻ると、篤司が得意げにメモを見せてきた。

にがつにじゅうはちにち。

たどたどしい平仮名で書かれたメモはかわいらしくて、頰がゆるむ。

「じいじね、二月の最後の日に、ママにどこか連れてってほしいんだって」

「ありがと。電話してみるね」

父に連絡すると、二月末日に隣県の日本庭園に行きたいのだという。母から車の運転を禁止され、車の鍵と免許証を取りあげられたらしく、しきりにぼやいていた。

「大丈夫、その日は空いてるから」

本当は乃愛の体操教室があるのだが、廉太郎はきっと送迎を交替して、父に付いていけるようにしてくれるだろう。父がなにかに興味を向けたことがうれしかった。

母にこっそり連絡をいれると、母は父が出かけたがっているのは知っていたけれど、その理由や場所まではわからなかったらしい。このところラーメン屋さんへ外出することが増えたそうだ。一緒について行くと言うとすごい剣幕で断られるし、前よりも長い時間帰ってこないことも多い。いざという時のために、防災無線での迷子捜索の呼びかけ方法を調べているという。

記憶は、簡単に、埋もれてしまう。

日々の暮らしが忙しければ記憶に留めることができないし、父のようにゆるやかでも、どこかへ入り込んだまま引きずり出されずに、風化して消えてしまうのかもしれない。

そうやって隙間がどんどん広がり、無くなっていくのは、怖かった。

*

二十八日、実家に立ち寄り父を車に乗せ、日本庭園に向かった。

助手席に父を乗せるなんて、運転免許を取ったばかりの頃、練習に付き合ってもらったとき以来で、緊張した。父も覚えているのかいないのか、助手席でじっと縮こまっている。話題にしようか迷ったけれど、覚えていないと言われた際の悲しさを取り繕う自信がなくて、口にできなかった。隙間時間で認知症のひとへの対応を学んだものの、付け焼き刃の対応がどれほど役立つのかは、わからない。

敷地は広く、起伏に富んだ地形につくられた日本庭園にはいくつもの池があった。池と池を結ぶ遊歩道には、鮮やかな紅梅《こうばい》や、清楚な白梅が咲き、そばを通ると、ほんのり甘い香りがする。梅見客も多く、父の目当てもこれかと思ったが、父は梅には目もくれず、ずんずんと奥へ歩いていく。冬木立の続く庭園の先に、冴えた緑がのぞくと、父の歩みが速くなった。やがて松林に囲まれた奥の池が見えてきた。

奥の池は半月形で、その直線部分に木造の建物がある。

父は池の対岸の、開けた芝生広場に足を向けた。広場には、甘酒やぜんざいを売る昔ながらの茶屋の他に、水色と生成色の縞模様の小さなサーカステントがいくつも立ち並んでいた。

池のほとりに仁王立ちする父に並ぶと、水面に浮かぶように、舞台が見えた。

舞台正面の奥の壁には、青々と葉を茂らせる雄壮な松が描かれていた。板張りの渡り廊下と、四本の柱に支えられた立派な屋根がついたその場所は、乃愛の写真で見た場所によく似ていた。

「ここ、もしかして、能楽堂？」

父は焦ったようにあたりを見まわし、ポケットからなにかを取り出した。

「どうして誰もいないんだ」

父の手元を覗き込むと、紙片に大きく書かれた文字が目に入った。チケットのようだった。

「……温習会？」

「出るわけじゃないぞ。まだ観るだけだ」

「まだ、って、お父さんもしかして」

「なにか新しいことをはじめろって言ったのは、桧和だろう。母さんには言うなよ」

眉間に皺を寄せた父の頬は、赤くなっているみたいに見えた。

「でもお父さん、これ、日付が明日」

「なに？」

父は慌てて紙片を顔に近づける。日付は、二月二十九日になっていた。

「ごめんなさい、私のせいだ。篤司のメモに気を取られて、ちゃんと確認しなかった。お父さん何度も二月末日って言ってたのに」

篤司はカレンダーの学習で、月ごとの日数を覚えるのにだいぶ苦労していたから、ようやく覚えた二月から、四年に一度の二十九日がこぼれてしまったのかもしれない。あるいは、忘れっぽくなってしまった父が、二月末日を二十八と言った可能性だってある。どのみち、温習会は、今日は行われない。

父は、落胆ぶりを必死に隠そうとして、泣いているような、怒っているような顔になった。

「いや、やむを得ん。誤解を生む言い方をしたのは俺だ。甘酒でも飲んで帰るか」

父は重たげな足取りで、歩き出した。昔は見あげていた背中が、小さく見えた。


いつの間にか広場には、イルミネーションがともっていた。広場を囲む木々や、小さなサーカステントの入口を、光の粒が飾っている。水色と生成色のしましまのテントは、絵本から飛び出してきたみたいで、かわいらしい。甘酒茶屋はすでに店仕舞いをはじめていて、父は顔をしかめながら、テントのそばに立つ黒板に近寄った。

「おい、横文字で甘酒はなんて言うんだ？」

「ここ、フランス料理みたいだよ？　甘酒はないんじゃない？」

ビストロつくしという、期間限定のビストロらしい。見渡してみると、隅の方に黒塗りのキッチンカーが停まり、中でシェフらしき白い調理服の男のひとが、踊ってるみたいに楽しげに料理しているのが見えた。

「……食べていくか？」

「いいよ、大丈夫」

「口止め料だ。母さんには言うなよ」

「お父さん、食べられるの？」

「なにを言う、フランス料理のテーブルマナーくらい、俺だってわかる」

「そうじゃなくて、フレンチって油分が多いんじゃない?」

「ラーメンとそう変わらんだろ」

どうだろうか。止める間もなく、父はテントから出てきた黒服のギャルソンに声をかけた。

「おふたりさまですか?」

ギャルソンはあたりを見まわし、キッチンカーの方を見た。

「奥のテントが空いております。すぐにご案内できますよ」

私たちは、キッチンカーの近くにある、一番奥のテントに案内された。

先に中をのぞいた父が、たじろいだ。パイプ椅子と屋外用の簡易テーブルなどの簡素なものを想像していたのに、肩越しにのぞくと、イルミネーションに飾られた入口の向こうには、きらびやかなシャンデリアがかがやいていた。

室内のあちこちに吊られた大小のランタンが、うっとりするような数々のアンティーク家具を照らし出す。ガラス扉のついたキャビネットには漆塗りの工芸品も飾られ、足下の絨毯には金糸銀糸の花鳥模様が施されて、青い炎のゆれるストーブも、赤いヴェルヴェットのソファも、庭園の中とは思えない、まるで別世界のようだった。

「夢でも見てるようだな。そういやさっきの給仕係、猫のような顔つきだった。化け猫じゃないだろうな」

父は、テントの入口から、さきほどのギャルソンを盗み見る。ちょうど池を挟んで、能舞台に描かれた松が見えた。

「化かされたってわかるなら、お料理食べた後がいいな」

「違いない」

父は笑って、メニューとワインリストをめくっていたけれども、全部まとめて、私に突き出してきた。

「桧和の好きなもんを頼め」

「え、お父さんの食べられるのにしようよ」

「桧和はそうやっていつも、自分を後まわしにするだろ？」

言葉に詰まった。

「自分の好きなものをきちんと選んだ方がいい、見失わないように」

「そんなことないよ、大丈夫。好きにやってるよ」

「俺もそうだった。仕事でも家庭でも、まわりを優先してがんばってるんだろ。まあ、現役時代はそういうものだからな。仕事でもいろんな役割の面をつけて、しゃかりきにやってきたが、いざその面を外したら、自分本来の顔がわからなくなってた。俺と言えるものが、なにも残ってなかったんだ」

自分本来の顔なんて、あるだろうか。仕事はもちろん、母や妻、娘の顔の他、廉太郎の奥さん、のんママ、あっくんママなど自分の名前すらいらない顔まで、面をつけかえるようにして役割を果たすばかりで、素のままの自分の顔など、置き去りにしたままだ。

「たまにはちゃんと、自分の好きなものに手を伸ばしとけ」

そんな風に気遣ってくれるのがありがたいものの、照れ臭くて、顔を隠すようにメニュー表を立てた。

「じゃあ、この、スペシャリテっていうのが気になる」

父はギャルソンを呼び止めて、どんなお料理なのかたずねた。

「スペシャリテは、お客さまのためだけに、当店のシェフが腕によりを掛けておつくりするお料理です。本日のスペシャリテは、フィロゾフのエスポワールでございます」

それをふたつ、と父が注文する。

ギャルソンはテントを出るなり、頭上に腕を伸ばして手のひらを合わせ、左右にゆれた。その姿は、風にゆれるつくしを思わせた。

外は暗くなり、空も舞台も松林も、夕闇に溶けていた。

「旬のいちごのフルーツシャンパンをお持ちいたしました」

フルートグラスの底に沈んだいちごは、冬枯れの庭にぽつりと咲いた椿の花みたいだ。

「こちらは、前菜の盛り合わせでございます。左上から、タマネギのスープ、カブのムース・蟹のタルタルのせ、ナスとポークリエットのグラティネ、ブルーチーズとくるみのポテトサラダ、ブロッコリーのブレゼと金時ニンジンのラペでございます」

父とグラスを合わせて、フルーツシャンパンに口をつけると、いちごの甘い香りが華やかに広がった。私の分はノンアルコールのスパークリングワインだけれど、シャンパンの満足感がきちんとある。父は、うまい酒だと言って、おかわりをした。

タマネギのスープからあたたかくたちのぼる湯気に、胃がきゅっと締め付けられる。丹念に炒めたタマネギから引き出された自然な甘さに、体がよろこぶのが最初のひとさじでわかる。なめらかなカブのムースをスプーンですくい、蟹のタルタルと一緒に口に入れると、蟹の身の繊細な甘みと爽やかな酸味、カブの大らかな甘みが、互いを引き立てた。

ナスを器にしたグラティネにはこんがりと焼き色がつき、切り分けるとチーズが伸びた。口の中でほどけるポークリエットの塩加減が絶妙で、ナスのとろける食感とコクのあるチーズが加わると、これだけでワイン一本くらい空けてしまえそうだ。そこに少しブルーチーズとくるみのポテトサラダを添えて食べれば、個性と個性がぶつかり合って、また別の味の世界が広がる。素材の味を活かしたブロッコリーのブレゼと、金時ニンジンのラペがほどよく舌を休めてくれ、次のひとくちを楽しませてくれた。

料理に合う辛口のロゼワインを選んでもらった父も、たいそう機嫌よく食事を楽しんでいた。

「ねえ、お父さん、お能を習いはじめたの?」

「まだ入門したてだ。桧和に新しいことでもはじめたらと言われてから、何度か舞台を観に行って、稽古場にも行ってみたんだが、なかなか勇気が出なくてな。でもこの間、のんちゃんが言ってくれたろう、じいじもお舞台にあがれるよって」

乃愛のあのひとことが、父の背を押してくれたらしい。

「昔から好きだったの?」

「まだ若かった頃、転勤した支社に、能楽研究会があってな。誘われて見学に行ったんだ。能楽師の先生が教えに来てくれていたんだが、かっこよくてなあ。先生が謡ったり舞ったりすると、空気の密度と透明度が変わったみたいで、時を忘れたよ」

熱のこもったまなざしから、父がいかにその場を堪能したかがわかる。しかしその直後に祖父が倒れ、急な転属が決まって、習うことはできなかったそうだ。

日々の暮らしではいろいろなタイミングが複雑にからみ合い、やりたいことに、まっすぐ手を伸ばせない時だってある。それは私も身に沁みて思うことでもあった。

「私、お能って、観たことないかも」

歴史の授業で、観阿弥《かんあみ》・世阿弥《ぜあみ》親子がつくりあげたと習ったくらいだ。

「お能はいいぞう。『道成寺《どうじょうじ》』に『葵上《あおいのうえ》』、『高砂《たかさご》』もいいが、『清経《きよつね》』に『羽衣《はごろも》』、『土蜘蛛《つちぐも》』も」

そこからも「松風《まつかぜ》」「野宮《ののみや》」「敦盛《あつもり》」「井筒《いづつ》」「石橋《しゃっきょう》」と、父の口からはいくつもの曲名が飛び出し、止まらなかった。

「狂言《きょうげん》も楽しいしなぁ」

「ちょっと待って。もしかしてラーメン屋に行くって言って、お能を観に出かけてた？」

「まあそういうことだ」

「仁奈と隣町で会った時は」

「あそこに稽古場があるんだ。見学だけでも申し込もうか迷ってる時に見つかって、ひと違いを装ったんだが、無理だった。仁奈のやつ、母さんには黙っててくれとあれほど頼んだのに、言い付けおって。大騒ぎになった」

「なんだあ、もう！　みんなすごく心配してたんだよ？」

みんな父の物忘れを心配して、あれこれ気をまわしていたと告げると、父は目を丸くした。

「お、俺はまだそんなに老いぼれちゃいないぞ」

「覚えてないって言うからだよ。お母さんにもちゃんと話してあげてよ」

「だめだ。母さんに言うのは、俺があそこに立つ時だ」

父は、びしっと能舞台を指さした。

その時、誰もいない舞台から、笛の音が聞こえ出した。

＊

能楽堂の周囲には篝火《かがりび》が焚かれ、生き物のようにゆれる炎が、舞台を照らし出していた。

箱を掲げたひとが、橋掛かりと呼ばれる渡り廊下のようなところを、一歩ずつゆっくりと歩いてくる。その後ろには、厳かな金色の装束に身を包んだひとや、年若いひと、黒い装束のひとが続く。

「『翁』だ」

父の声は熱を孕んでいた。

「特別な曲なんだよ。まさかこんなところで観られるとは」

能楽は神事から発展してきたという。

その名残をとどめるのが「翁」で、お正月や祝賀など、特別な機会に演じられる、儀式的な演目なのだそうだ。先頭の箱には翁の面が収められていて、金色の装束を身に着けたシテ、すなわち主役が翁、若いひとは千歳《せんざい》、黒装束は狂言方が務める三番叟《さんばそう》という役だという。

翁の前に箱が置かれると、大勢の烏帽子《えぼし》装束に身を包んだひとたちが現れ、羽ばたくようにして袖を重ね、それぞれの座についた。松の木の描かれた鏡板の前に楽器を抱えた囃子方《はやしかた》。舞台の右側には地謡《じうたい》。この、笛に小鼓《こつづみ》、大鼓《おおつづみ》、太鼓《たいこ》と謡が、いわば能楽のオーケストラに当たると父が説明してくれる。松の左下に控える後見《こうけん》は、装束や小道具の補佐の他、主役であるシテに万一のことがあった際に直ちに代役を務める、重要な役割なのだそうだ。

強く吹き鳴らされる笛の音と、一定のリズムを繰り返す鼓は、呼び掛けのようで、心がゆり起こされていく。

翁の謡がはじまると、その声にどうしようもなく惹き付けられた。

——とうとうたらりたらりらたらりあがりららりどう

ひとの声とは、こんなにも広がりを持ち、ふくよかで、静かに漲《みなぎ》るものなのだろうか。話すのとも歌うのとも違う独特の音色が、耳に心地よく、呪文のような言葉の意味はわからないのに、そのうつくしさが心に響いてくる。

地謡が加わると、音は重厚感を増した。掛け声と鼓が夜を震わせ、笛の音がかぐわしい香のように満ち、朗々とした謡が漲って、体の芯に届く。

力強い千歳の舞の間に、翁は舞台上で面を掛けた。白い眉と髭のついた、老人の面だ。

やがて翁が扇を手に中央に立つと、舞台の重力を一身に集めたように思われた。距離さえも超えて、翁面の柔和な面差しと、すべてを慈しむような穏やかな笑みが、あたたかく伝わってくる。

すべての楽の音が止み、翁が世をことほぐと、舞台の背景は松ひとつきりだというのに、謡の言葉に心の内のイメージが引き出されて、実際には見えぬ鶴が舞い、亀が池を泳ぎ、瀧の水のゆたかに流れる景色が、舞台に立つ翁の姿に、重なって見えるように感じる。

天下泰平、国土安穏を祈願する翁は、舞台に留まらず、世の中を無数の見えない糸でその場に手繰り寄せ、そのすべてを担って、重みのある一歩を、踏み出したように感じた。

見えない糸は、私にもつながっているようで、ぐいと舞台に惹き付けられ、謡や囃子の楽の音がつくり出す一体感に心地よく包まれるままに、心の深いところが共震する。

翁が世をことほぐ間、舞台端でひとりだけ、ひっそりと背を向けている黒装束のひとが気になったが、翁と千歳が立ち去ると、彼は舞台を踏み締めたり跳んだりと躍動的に舞い、黒い面を掛けて、鈴を手にした黒い翁となった。

音のためだろうか、鳴らすその動作のためだろうか、シャンと鈴が振り下ろされるたび、金色の粉のようなものがこぼれ落ちるように見えた。篝火の火の粉がたまたま重なって見えただけなのかもしれない。けれどもその光景はきれいで、いつまでも見ていたいと思った。

舞い終えた黒い翁が面を箱にしまうと、舞台からはひとが去り、再び静かになった。

観ていただけなのに、私の背筋は、ぴんと伸びていた。

空気が清らかになったようで、遠くまで見通せるほど、視界が開けた気がした。

舞台の上には、描かれた松の他にはなにもない。けれどもそこには、ひととひとの生み出す、濃密で凝縮した世界があった。

なにもないからこそ、無限に広がる、ゆたかさが。

「うまく言葉にできないんだけど、すごく、すっきりした」

私の拙い感想に、父は得意げに頷いた。

「お能はいいぞう。六百五十年以上前のひとたちと、同じものを観て、同じように心を動かしてるんだぞ。すごいことじゃないか。あまたの武将たち、歴代の将軍たちと同じにだぞ」

父は我がことを誇るみたいに、小鼻をふくらませる。そのままひくひくと動かしたかと思うと、テントの入口から、ギャルソンがするりと入ってきた。

「お待たせいたしました。本日のスペシャリテ、フィロゾフのエスポワールでございます」

差し出された器には、鮮やかな黄色の泡をまとった円筒形のなにかが、浮島のように佇んでいた。肌はところどころ紅や白がのぞき、てっぺんには金の粉がちりばめられ、まるで、あの鈴から振りだされた祝福が載っているようで、気持ちが華やぐ。

「お料理は、伊勢海老と帆立貝のメダイヨンでございます。フィロゾフのエスポワールとは、哲学者の希望とのこと。どうぞごゆっくり、お召しあがりください」

ナイフを差し入れるのを何度も躊躇ってしまうくらい、その一皿はきれいで、そのままそっと飾っておきたいようだった。

勇気を出して切り分けると、伊勢海老と帆立貝が、上下に重なっていた。軽やかな泡は口に入れれば儚く消えて、ほのかに薫る。ぷりぷりとした伊勢海老も、噛めばほろほろほぐれる帆立貝も、こんなに味わい深かったろうかと、目を見開かされる。合わせて食べれば、うまみと甘さの濃淡が、少しずつ奥行きを変えながら響き合った。

こんなふうに、ひとくちの輪郭をじっくり味わうことなんて、しばらく忘れていた気がする。

「帆立貝といえば、昔お前たちに、貝細工の人形を買ってきたことがあったなあ」

「お父さん、覚えてたの?」

「もちろんだ。何度もありがとうって言われたからな。宝箱なんてつくって入れておくほどよろこばれて」

どうも記憶に食い違いがあるようだけれど、黙っておこう。思い出はうつくしい方がいい。

「お口に合いましたでしょうか」

テントの入口から、おずおずと声がした。大きな体のシェフが、指先をもじもじと弄びながら、のぞき込んでいた。

「たいへんおいしいです。それに、まさか『翁』が観られるとは思いませんでした」

父の言葉に気をよくしたのか、シェフは口角をあげて、すぐ隣にやってきた。

「すばらしかったですねぇ。先ほどの舞台の翁は、面を掛けると神さまに変身したようでしたね。伊勢海老は長寿を意味する縁起もの、帆立貝の別名は海扇と言います。その昔、年老いたひとは世の理を知る賢人と考えられていたそうですし、能楽の表現を削ぎ落として本質に迫るさまは、哲学にも似ているなと思いましてね。フィロゾフのエスポワール、哲学者の希望と名付けて、扇を手に、天下泰平と世の希望を祈り舞う、翁になぞらえました。希望は、見えるものじゃなくて、見つけるものだと思うんですよ、私はね」

父はシェフの言葉に大いに頷いた。

「その感動を六百五十年以上も、変わらず受け継いでいるんですな。演じる側も、観る側も」

心を動かし、残したいと強く感じたひとたちが、その思いをたすきのように継ぎながら、芸術に時を超える力を与えてきたかと思うと、胸が熱くなる。

シェフは頬をぷっくりと盛りあげて笑った。

「そういうすばらしい芸術に心が満ち、お腹も満ちたら、それは世界で一番おいしい料理なんじゃないかと私は思うんですよ。憂きことの多い世の中を乗り越えていける、力になるんじゃないかと。この憂き世の片隅で、あなたも私も、がんばっているではありませんか。そういう気持ちを込めて、メダイヨン、メダルの形にしたのです」

あのうつくしい一皿は、ささやかなメダルであったのだ。

憂き世を生きる、私たちへの。

シェフは、照れ臭そうに体をゆする。

「だけど、あのにっこりしたおじいさん神さまに、あれほど縁起よく天下泰平を祈ってもらいましたから、きっとうまくやっていけるような気がしませんか?」

テントの入口からひょいと顔を出したギャルソンが、小さく咳払いをした。

「失礼。オーダーを乗り越えていく力もつけていただきたいのですが」

シェフは肩をすくめると、逃げるようにキッチンカーへ戻っていった。

「デザートをお持ちいたしました。薔薇のソースのクレームダンジュと、フランナチュールでございます。クレームダンジュの別名は、神さまのごちそうというそうです。エスプレッソとともにお楽しみください」

白い小さなボールのようなクレームダンジュは、ふんわりとして口どけがよく、あっさりした上品なチーズケーキのようだった。透明感のある赤い薔薇のソースの香りが、体と心をゆるめてくれる。小さなタルト型に入ったフランナチュールは、黄色く円い姿が、満月のようだ。プリンのタルトだと父が言った。カスタードの飾り気のない味わいがしみじみおいしくて、エスプレッソのほろ苦さとよく合った。

このお料理だって、おいしい、と感じたいつかどこかの誰かの手から、たすきがつながり、今私の目の前にあるのだろう。

シンプルだからこそ、そのものの味わいがくっきりと際立つ。

そんなふうに新鮮に感じられるのは、父に付き合ったおかげで、ぽっかりと空いた予定のおかげかもしれなかった。予定通りにはいかない、ぽっかりと空いた隙間のような時間は、いつもだったら無駄だと思ったかもしれない。ぎゅうぎゅう詰めの毎日を駆け抜けるだけでは、そこにひそむ大きな広がりとゆたかさの、特別な味わいには、気づかなかったかもしれない。

一度きりの生で、同じものに同じように心を震わせることの、特別さにも。

父は、にやりと笑った。

「これで今日から桧和も共犯だな。母さんには絶対言うなよ」

「いつまで言わないつもりなの」

「俺があそこに立って『高砂』を謡うまでだ」

指さした先、能舞台の篝火は消え、もう誰もいなかった。

「早めにお願いします」

「今から練習すれば、金婚式には間に合うはずなんだ」

父が頑なに母に秘密にしているのには、そんな理由があったらしい。

それでは、こっそり告げ口するわけにもいかないではないか。

「困るなあ。みんなが心配しないように言い訳考えよう？　お父さんがあの舞台に立つ時は、見に来るよ、お母さんを連れて、みんなで」


テントから出ると、池の水面に満月がゆれていた。

見あげれば、黒いキッチンカーのちょうど真上に、きれいな月が浮かんでいた。

キッチンカーの前で、白い調理服のシェフと黒服のギャルソンが、深々と礼をしている。

きっとうまくやっていけるような気がしませんか、と囁いたシェフの声と、翁の面のやさしく包み込むような笑みが、思い返された。

金色がかった月は、空に浮かぶ小さなメダルのようでも、一枚のお皿のようでもあった。

なにも載っていない、だからこそ、なんでも載せることができる、一皿。

そのゆたかな広がりを感じて、私は大きく息を吸い込んだ。

ビストロのデザート

〜最後のものにうまいもの〜

両腕を天に向けて伸ばし、手のひらと手のひらを合わせる。

そのままゆっくりと、左へ傾ける。次に右へ。目は開いていてもいいけれど、私は閉じるのが好きだ。そうやって体をゆらしていると、肩、首はもちろん、背中や腰、体側、肩甲骨まで、気づかないうちに、体が縮こまっているのがわかる。

そういう時、窮屈なのは、体ばかりじゃない。気持ちや心も、ぎゅうっとこわばって、伸びることを忘れている。それをゆっくり伸ばすつもりで、体の声を聞くようにゆれれば、慌ただしい毎日の中では見えなかったことに気づいたり、普段は聞こえない声が耳に届いたりする。

まさにそれが今、私に必要なものだった。

天気の良い昼下がり、公園の芝生に胡坐《あぐら》を搔いて体をゆすり、いいアイディアが空から降ってくるのを待っている。

「有悟に必要なのは穏やかさより緊張感だろ?」

颯真からは、そう見えるらしい。

「考えを整理したいんだよ」

目を閉じたまま、颯真の声のする方へ返事する。私は今、かぐやびとたちから聞いたことをどう結び付けたものか、考えあぐねているのだ。

「そうですか。ではそのまま、せいぜい看板がわりにでもゆれててください。だいぶ注目を集めていますから。ただし、仕込みに支障ない程度で切りあげてくださいよ、シェフ」

ご丁寧に営業モードに切り替えて小言を言い、颯真の足音が遠ざかっていく。

注目?　と目を開けると、好奇心に満ちた小さな目がいくつも、私を取り囲んでいた。一緒にやりたそうに、うずうずとしながら。

＊

翁を捜したことがある、という瀬戸監督の元を訪れたのは、秋の終わりだった。

上映会と聞いたのに、指定された場所は海辺でひどく驚いた。けれども砂浜で観る、さざなみの響く映画は趣があって、とても心地よかった。魚介類もおいしくて、瀬戸監督もよろこんでよく食べ、よく飲み、よく喋った。

「翁ねえ。たしかに捜しはしたけど、見つかりはしなかったね」

「私らは、かぐやびとの方々を少しずつ辿ってお話を聞いてるんですが、監督はどうやって捜したんです？」

「それはもちろん、一次情報から攻めないと。マダムを質問攻めにしたんだよ」

「ほんとですか？　私は聞いても答えてもらえませんでしたよ」

「だいたいみんなそうだ。一回聞いて口をつぐまれたら、それ以上は聞かないだろう？　みんな気合と覚悟が足らないんだよ。その先も、質問を変え、切り口を変え、角度を何度も変えて、質問し続けたらどうなると思う？」

「話してくれたんですか？　なるほど、熱意がひとを動かすんですね！」

颯真が身を乗り出すと、瀬戸監督は、顔をくしゃっとさせて笑った。

「それが、全然。こんなふうに笑ったまま、無言だよ。それが五時間。ちょっとした耐久レースだったよ」

五時間も手を替え品を替え質問する監督も監督だが、それに付き合い続けたマダムも相当頑固だ。

「時間の無駄だったんですね」

「いや、無駄なんかじゃないさ。『答えてもらえない』って答えを受け取ったわけだから。話せないよっぽどの理由がある、ってことだ。時間をかけてはじめてわかることっていうのもあるんだよ。翁の好きな食べ物とか、そんなささいな質問さえ答えてもらえなかったよ」

「ナスですよ」

私が答えると、瀬戸監督は目を丸くした。

「翁の好きな食べ物は、ナスです。翁からの手紙に、私のナス料理が気に入ったと書いてありました。それが支援の決め手になったそうです」

「なつかしい故郷の風景、なんてのも口を滑らせるかと思ったけど全然で」

「ああ、それは雪景色らしいです。僕たち、美術館の楡原館長に聞きました。〈あたたかい雪〉がなつかしいと話したそうです。僕たちはかまくらのことかと思いましたが、雪あかりの風景や雪見露天風呂かもしれないですし、本当のところはまだわかりません」

瀬戸監督は、颯真と、私とを交互に見て、愉快そうに笑った。

「なんだ。俺より君たちの方がずっと詳しいな」

「あちこち旅して、みなさんに教えていただきましたから」

これまでお世話になってきた、かぐやびとたちを挙げると、瀬戸監督は目を細めた。

「俺が翁の世話になったのは、だいぶ前だから。山科さんは有名だったけど、知らないひとも多いな。ミュージカルの北濱さん、書家の鈴木《すずき》さん、能楽師の楠見《くすみ》さんとか、マダムの紹介で世話になったひともいた。そういや最初に翁が支援したのは、楠見さんらしいって噂がある。マダムにたずねても口をつぐんでいたから、それが答えかもと思ってる。楠見さんも話しちゃくれなかったがね」

「その能楽師の方はどちらに？」

「全国飛びまわってるらしい。古い野外能楽堂の再生プロジェクトをやっててね。一度会ったがあまり話も聞けなくて、翁にまでは辿り着けなかった。俺が諦めたのはその頃だ」

そうして瀬戸監督は、四本目のボトルを空けると、顔をくしゃくしゃにした。

「うれしいねえ。俺が辿り着けなかった思いを、君らが抱えて走ってくれる」

その能楽師・楠見義高《よしたか》さんに瀬戸監督を通じて連絡を取ると、不意に「翁」という言葉が飛び出した。

《「翁」という曲があります。二月に私も舞います。よろしければいらっしゃいますか？》

その日は少数の関係者ばかりの奉納舞台とのことで、私たちは関係者席を兼ねて店を出すことになった。

舞台の上の楠見さんは、空気がびりびりと震えそうなほど圧倒的な存在感を持つ、神だった。しかし終演後にテントを訪れた姿からはその気迫は消え、漆の箱を丁寧に愛でる、物静かで控え目な印象の紳士が、佇んでいた。

お肉とお魚では、お肉がよいとのことで、ブッフ・ア・ラ・フィセルをご用意した。紐で縛った牛フィレ肉をブイヨンで煮る、洋風しゃぶしゃぶのような料理だ。楠見さんは赤のボージョレとともに楽しまれて、翁の面のように目尻を下げた。

「しばらくお肉を食べていなかったので、とてもおいしいです」

翁を舞う際には、舞台にあがる全員が精進潔斎《しょうじんけっさい》をして臨むという。流派や家によって程度は異なるそうだが、シテを務めた楠見さんはしばらくの間、肉や酒を断ち、朝には水垢離《みずごり》をして臨んでいたそうだ。

「『翁』は特別ですから。二百数十曲ほどある上演曲目は内容によって五種類に分けられますが、『翁』はそのどこにも属しません。精進潔斎以外にも、翁面にだけある特徴や、『翁』を演じる時だけの決まり事も多々あります。前半ではあまねく世が平穏無事になるようにと祈り、後半では実りの動作にならって五穀豊穣《ごこくほうじょう》を祈る、儀式的な曲なのです」

「『翁』は、祈りでできているんですね……」

戦乱や疫病、飢饉《ききん》と、今以上に死が身近だった世にあっても、世をことほぎ、希望をつないで、ひとびとは祈りを舞い継いできた。流転する世にありながら、代々受け継がれるものへ敬意を払い、感動ときらめきがひとからひとへ心と手で受け渡されて、今、私たちの目の前に存在している。

それは食べ物にも言えることに思えた。観阿弥・世阿弥が活躍した時代、フランスをはじめヨーロッパでは今の料理にもつながる料理本が数多く生まれた。

違う空の下、別々の分野ではあれど、それぞれの文化の礎《いしずえ》の一端とも言えるものが生まれ、幾多の災禍をもくぐり抜け、今まで受け継がれていることが、私にはほとんど奇跡のように思われた。

つくる側、受け取る側、ひとりひとりが、奇跡の担い手なのだ。

「かつての世も、今の世も、ひとの根幹は変わらないのでしょうね。まして『翁』は、能にして能にあらずとも言われ、筋があるわけでもありません。後半の三番叟の舞では、土を踏み固めたり、種を蒔いたりする、誰にでもわかるような仕草もありますし」

「さんばそう……?」

首を傾げると、颯真がすかさず助け舟を出してくれる。

「ほら、黒い装束の」

「黒い翁ですよ」

頷いて、楠見さんは赤ワインをひとくち飲んだ。

「前半、私の舞った白い翁に続いて、黒い面の翁が出て来たでしょう。白い翁も黒い翁も、弓なりに目元のゆるんだやさしげな笑みを浮かべていますが、その印象は異なります。諸説ありますが、神とひとの姿だとも、一年や、夜と昼を司る神さまだと考えるひともいます。陰と陽、なのでしょうね」

「翁は、ふたりいたんですね」

「そういえば、白い翁が舞っている間、黒い翁は背を向けていましたが」

思い出したように颯真がたずねると、楠見さんはこっくりと頷いた。

「背を向けているのは、客席からは見えているけれども、その場にいない、存在していないという約束事なんですよ」

「ああ、フランス語のHみたいなものですね。書いてあるけど発音しないんです」

颯真の視線が刺すように飛んできた。また大事なお話に下らないことを差し挟んで、と思っているのは、あの縦になったような目からも明らかだ。もし颯真が猫だったら、背中の毛が思いきり逆立っていただろう。

「それで……、お話というのは、別の翁のことでしたね？」

「はい。楠見さんは翁の支援を受けて、能楽堂を再建したと伺いましたが」

「ええ。各地にある野外能舞台をまわり、修復資金を募るプロジェクトを立ちあげた時に、力を貸してくださいました。あの頃、あの方はまだ翁とは名乗っておられませんでしたが」

「では、翁のお名前をご存じなんですか？」

「そういうことになると思います。ただ、あの方がご意図あって伏せておられることを、私が話すわけにはまいりませんので、そこはご容赦いただきたい」

有無を言わせない視線で、楠見さんは私たちを制した。

「私も、翁とマダムにとてもお世話になりました。マダムから預かったあの漆の箱を、どうしても翁に届けたいんです。マダムとの約束なのです。どうかお力を貸してください」

必死に頭を下げる。隣で颯真も、一緒に頭を下げてくれた。

「顔も名前もわからない翁を、これまで必死に捜してきました。僕たちはなにもわからなくて、みなさんから教わった情報をはぎ合わせるようにして、少しずつ、進んできました。そうやってようやく楠見さんに辿り着いたのです。どんなに小さなことでも、わずかなヒントだけでも構いません。どうか、お力を貸していただけないでしょうか」

「約束、ですか」

楠見さんの声がゆれる。

迷われているようだった。

しばらくして、お顔をあげてください、と静かな声で楠見さんが言った。

「あなたがたにとって、大切なお約束だということは、とてもよくわかります。共感もします。それを守りたいという強い思いも、よくわかりました」

「では……！」

楠見さんがゆっくり頭を下げる。

「私にとっても、同様に、大切なお約束なのです。お力になれず、申し訳ありません」

＊

都心にほど近い公園には、お子さま連れが多かった。お子さまに囲まれてしまった私は対処に困ったものの、ゆれ続けた。小さいひとたちがそれを真似て、つくしのポーズでゆれる。まだ肌寒いくらいなのに、木々や庭園には蕾がつき、春の訪れが近いことを知らせてくれている。

店に来てみたいと連絡をくれたのは、以前、瀬戸監督を通じて店に椅子を譲ってくれた映画館の支配人姉妹だった。映画館を閉めた後、旅を楽しんでいた彼女たちは、椅子が活躍するところを見たいと立ち寄ってくれたのだった。

「本当にびっくりするくらい、椅子がしっくりくる空間ねぇ」

「もともとこのお店にあったものみたい。よかった、使っていただけて」

おふたりのお父さんが開館の際にヨーロッパから取り寄せた話を聞かせてくれた。

「父の友人に、家具屋さんがいらしてねぇ。日本とヨーロッパの家具を輸出入していたの。一度伺ったご自宅にも、こんなふうにすてきなアンティーク家具が、たくさんあったわねぇ」

「父の友人て方はちょっと近寄りがたい雰囲気だったけど、フランス人の奥さまがやさしくて。ふんわりした栗色の髪と、鳶色の瞳がすてきで、印象派絵画から抜け出てきたみたいだった」

その姿はどことなくマダムを思わせた。双子のように似たおふたりは、トリュフ入りオムレツとタンポポのサラダを召しあがりながら、思い出話に花を咲かせた。颯真が興味深そうに耳を傾けていた。

「ヨーロッパからはアンティーク家具を買い付けるとして、日本からはなにを？」

「ジャパンよ」

「日本のパン？　あんぱんですね！」

真剣にたずねた私の脇腹に颯真の肘が食い込み、おふたりは同時に、キャビネットに飾ってある、あの漆の箱を指さした。

「漆器のこと。磁器はチャイナ、漆器はジャパン。すごく人気だったのよ。あの深くてつややかな漆黒と、繊細な金蒔絵に、ヨーロッパの王侯貴族が夢中になったのねぇ。オーストリアのマリア・テレジアなんて、宮殿に漆の間をつくったくらい」

「その娘のフランス王妃マリー・アントワネットは、とくに日本の漆器を好んで、母から譲り受けた漆器に加えて、自分でも大切に集めていたそうよ。今もヴェルサイユ宮殿に飾ってあるはず。彼女のコレクションは当時のヨーロッパで質・量ともに類を見なかったというわ」

お詳しいですね、と感心するとおふたりは「映画で観たから」と口を揃えた。

「あの家具屋さんにもたくさんの漆器が飾ってあって、どれもすてきだったわ」

颯真が小さく、漆器職人に当たるセンもあるな、と呟く。

「その家具屋さんはどちらにあるんですか？」

「岐阜《ぎふ》よ」

「長野よ」

互いに顔を見合わせて、言い直す。

「新潟？」

「石川《いしかわ》？」

おふたりは申し訳なさそうに、子どもの頃のことで覚えてなくてごめんなさい、と謝った。

「お鍋がおいしかったわ、地元のお鍋って聞いたはず。大根おろしのお鍋よ」

「そうそう、白い具材のね。帆立に白菜、鶏肉にお豆腐。たっぷりの大根おろしが雪みたいで」

「雪ですか？」

颯真の眉がぴくりと動いた。

「ええ。ぜひ探して行ってみてと言いたいところだけれど、お子さんが別のお仕事に就いたとかで、父の友人が亡くなった時にお店を閉じたと聞いたわ。ガラスの棚にたくさんのきれいな漆器が並ぶさまは、とてもきれいだったのだけど」

「あの漆器もとってもきれいねぇ」

あの六角形の漆の箱を、金の雪が風に流れているみたいだとか、螺鈿の雪華模様の色合いだとか、口々に誉めそやしてくれるのが、自分のことみたいにうれしかった。

「あの箱は、幸運へ導いてくれるんですよ」

「じゃあ、あなたがたはあちこちで、その恩恵をみなさんに振りまいているのね？」

「そんなふうに考えたこと、ありませんでした」

私と颯真は、互いに顔を見交わした。

「あちこち旅してらっしゃるんでしょう？　いつもの風景にこんな場所が突然現れたら、びっくりするじゃない？　その上、このすてきな空間と、おいしいお料理でしょう。楽しくて、わくわくする。見つけただけでもラッキーだって、私なら思うわねぇ」

「いつもの風景が、ちょっと違って見えてくる気がするし」

そんなふうに思ってもらえていたら、どれほど幸せだろう。

ただひたすら、一日一日を重ねてきたことが、誰かに届いていたら。

想いを受け取ってもらえるしあわせにそれ以上言葉が紡げず、私は頭を深く下げた。

おふたりは、数日東京を旅してお目当てのタルトタタンを食べた後、日本海の方へ向かうのだそうだ。映画館のご常連だったひとの、小さなファッションショーがあるという。いつかそこへも行ってみてね、と案内の葉書をくれた。瑠璃色のポストカードに描かれたロゴは、船の形をしていた。

葉書を出すはずみで落ちた紙片を拾って渡そうとして、その雑誌の切り抜きに釘付けになった。そこに載っていたタルトタタンは、師匠のものによく似ていた。


タルトタタンの店は、渋谷にあった。

劇場や美術館などの複合施設の地下へ延びるエスカレーターを下りると、気持ちのよい風が通り過ぎた。その建物の中心部は天と地を結ぶ、開けた吹き抜けになっていて、見あげる青空までもが芸術作品のようだった。パラソルのついたテラス席のひとつに、私たちは腰をかけた。

「タルトタタンをふたつ」

思い思いにカフェでの時間を過ごすひとたちが集うその店には、パリの空気がそのまま漂っているようだった。

颯真が声をひそめて、前に店に来てくれたお客さまがいる、と教えてくれた。颯真の肩越しに見たその女性は、なにやら仕事中なのか、きれいな宝石や指輪の写真をテーブルに並べて、連れの男性とコストがどうと話し込んでいた。BGMがピアノ曲に変わった途端、手で制して、静かに目を閉じ、耳を傾ける。うっとりと聴き入るその表情は、とてもしあわせそうだった。

ほどなくして運ばれてきたタルトタタンは、見れば見るほど、師匠のものにそっくりだった。

カラメルを吸い込みくったりとしたりんごは、断面まで茶色に染まっているのに、噛めばしゃっきりとして、ひとくちごとに香りをあふれさせる。生のりんごが乙女だとしたら、このりんごは貴婦人だ。ぽってりと添えられた生クリームのまろやかさとも、コーヒーの苦みとも寄り添うのに、優雅な存在感が少しもゆらがない。

大切なひとに食べさせたいと思う味。師匠のタルトタタン、そのままの味だった。

生クリームと合わせて食べた颯真は、目を閉じて、その余韻を噛み締めている。

「これは……ちょっとすごいな」

「りんごよりりんごでりんごを超えたりんごだろ？」

「言葉になっちゃいないが、なにを言いたいかはわかる。僕の知ってるりんごじゃない」

店員を呼び止めて聞いてみると、やはり師匠のタルトタタンと同じように、一台には二十個ものりんごが使われ、一人前でも一個以上のりんごが入っているという。

「パリでの未練は、師匠のタルトタタンのつくり方を教われなかったことだよ。手間暇を惜しまずに三日もかけてつくるらしい。つくりたてよりも味わいに深みが出るそうだ」

「タルトタタン、お好きなんですか？」

突然の声に驚いて横を見ると、コックコートを着たひとが立っていた。私よりも少し年上だろうか。先ほど私がタルトタタンについて質問したのを聞きつけ、わざわざ答えるために、来てくれたのだという。

「当店でも三日ほど、つくっては寝かせるのを繰り返すんです。そして大切なのが、雨の音」

「雨？」

「砂糖とバターでつくるカラメルにりんごを入れる時、激しい雨みたいな音がするんです。滝のような、ざあざあ降りの雨の音が。それが祝福の音だと、修業先のシェフから教わりました。私の大好きな味なんです。お気に召したらとてもうれしい」

「私も大好きな味です」

彼は、パリのシテ島にあるレストランで修業した、とにこやかに話した。

同じ味を好きになったその料理人に、私は勝手に親近感を募らせてしまう。

師匠のタルトタタンを好きになったひとが、この味を受け継いでいる。好きなものを通じて、誰かと誰かが心を結び合わせる。それはとてもやさしい世界に違いなかった。

変わらない味を噛み締めると、小さく心が躍り出す。

つくってみよう、雨音のタルトタタンを。その雨の音に耳を澄まそう。そうしたら、あのおそろしい強い雨の音は、師匠のタルトタタンのやさしく奥深い味わいに、いつか変わっていくかもしれない。つくり続けよう、祝福の音に聞こえるまで。

料理人に丁重に礼を言い、大事に残りのタルトタタンを味わった。

「タルトタタンって、さかさまにしてつくるんだよ。この一番下のタルト生地を、一番上に重ねて焼くんだ」

「一番下を、一番上に？」

颯真の目が、光った気がした。

しばらくぶつぶつと口の中で呟いていたかと思うと、メモを取り出してあちこちを確かめ、コーヒーを一気に飲み干して、私を正面から見据える。

「有悟、この間、能楽師の楠見さんが、翁がふたりいるって話してたの覚えてるか」

「白い翁と黒い翁だね」

「それと、黒い翁がいるのにいない約束というのを、フランス語のHみたいだって言ってたろ？　書いていても発音しないって」

「そうそう。だからヒロシマはイロシマになるし、ヒカリさんはイカリさんになるんだよ」

「だったら、ハシザワさんは、フランスでは、アシザワさんにならないか？」

「あ……！　どちらも同じく、アシザワって聞こえる」

「パリの店に来ていたアシザワさんは、ひとりの時もふたりの時もあったと言ってたよな、それ、別々の人物だっていうことはないか？」

私はいつもテオから名前やようすを聞くばかりで、実際に会ったことはなかった。すぐにでもテオに連絡して確かめようとするのを、颯真が、まだ先がある、と止めた。

「東京の店に何人か、ハシザワさんというお客さまがいらしてた」

「どうして名前を？　予約は取ってなかったじゃないか」

「予約がなくたって、お客さまのお名前を知る機会はある。忘れ物のお問い合わせや、店内のお連れさまへのご伝言、それに、世に名を知られた方々ということも」

颯真は、タルトの生地だけをフォークで突き刺し、りんごの上に載せた。

「一番下を、一番上に。翁の、一番下のナを一番上にすると」

「ナオキ？」

「東京の店のお客さまにハシザワナオキさんがいらっしゃる。聞いたことないか？　元政治家の橋澤直輝氏。何度も店にいらっしゃった。彼は今、いったん廃業した家業の家具屋を復興しているんだよ。出身は石川県。漆工芸が盛んで、その上、この料理がある」

颯真が見せてくれた写真には、帆立や白菜、豆腐などの白い具材にたっぷりの大根おろしがかかった、雪見鍋という名の、鍋料理が写っていた。

「もしかして〈あたたかい雪〉って……！」

けれども颯真はそこで、顔を曇らせた。

「だけど、ひとつだけ条件が合わない。橋澤直輝氏は、独身のはずなんだ。奥さんはいない」

だとすると、翁とは別人なのだろうか。

だとしても。

「そのひとに、会いに行こう」

＊

橋澤家は地元の名家らしく、訪ねるとすぐにわかった。

黒塀と竹林がぐるりと囲むお屋敷には、笹の葉が風にゆれる音がどこまでも続いていた。

屋根のついた門をくぐると、重厚な瓦葺のお屋敷が、広々とした庭園の奥に聳える。前庭だけでうちのテントが六つゆうに並びそうだ。キャリーケースの足を玉砂利にたびたび取られながら表玄関に向かった。

テオに確認したところ、やはりアシザワさんはふたりいた。四角い顔のひとと、もうひとりの紳士。

呼び鈴を鳴らすと、すぐにひとが出て来て、応接間に案内された。飴色の木の廊下はどこも磨き込まれていて、天井には乳白色のランプシェードが、花を咲かせるように並ぶ。

応接間を彩るのも、背もたれに細かな透かし彫りを施した椅子や、象嵌《ぞうがん》細工でさまざまな色合いの木が花束を描くコーヒーテーブルなど、上等な工芸品ばかりだ。圧巻なのは壁沿いに並ぶいくつものガラスのキャビネットで、手のひらに載るような小さなものから重箱ほどの大きさのものまで、多くの漆器が大切そうに収められていた。

緊張のせいだろうか、ほんの少し首を動かしただけで、ばき、と音がした。緊張しすぎて話せなかったら元も子もない。

少しでも落ち着こうと、目を閉じて、両腕を頭の上に伸ばし、手のひらを合わせた。そのまゆっくりと左へ。次に、右へ。いつもの半分ほども動かなくて、やっぱりだいぶ緊張しているらしい。そのまましばらくゆれていると、近くで、ばき、と音がした。

目を開けると向かい側の椅子で、鷲鼻《わしばな》に眼鏡を引っ掛けたひとが、たんぽぽの綿毛のような白髪をゆらして、つくしのポーズでゆれていた。

「これはなかなか……動かないものですね。運動不足ということでしょうか」

「あっ、あの」

立ちあがろうとして、膝頭をコーヒーテーブルにぶつけてしまい、あまりの痛さにそのまま床にうずくまる。

全くこんなところでなにをしているのだろう、私は。大事な場なのに。にじむ涙が、痛さのせいなのか、情けなさのせいなのかわからない。

「救急箱、持ってきましょうか?」

「いえあの、大丈夫です。どうぞお気遣いなく」

橋澤さんは心配そうに私をのぞき込み、カーディガンのポケットから取り出した絆創膏《ばんそうこう》を、手渡してくれた。

最初の印象は、きっと最悪に違いない。けれども、橋澤さんは柔和な笑みを浮かべ、よくいらっしゃいましたと挨拶してくれた。名を名乗っても、料理人だと言っても、表情は変わらなかった。もちろん私の方にも、見覚えは全くない。

「はじめまして、ですね?」

「はい。たぶん」

私のことを覚えていないのだろうか。あるいは、よく思っていなくて知らんぷりしているのだろうか。それとも、このひとも翁ではなく、全くの別人なのだろうか。

橋澤さんは椅子に深く座り直すと、穏やかな笑みを浮かべて、胸ポケットから懐中時計を取り出した。

「ご用件を伺いましょう、と申しあげたいところなのですが、詳しく話を伺うかどうかを決めさせていただきたい。あなたに限らず、いらした方みなさんにお願いしていることです。売り込みや相談、困り事、後ろ盾や金繰りなどの頼み事と、いろいろ持ち込まれるものですから。恐縮ですが、単刀直入にご用件をお願いします。一分ほどで」

「い、一分ですか？」

たったそれだけの時間では、これまでの話をすることも、マダムから箱を預かった経緯を説明することも難しい。かといって、この状況で単刀直入にあなたが翁かとたずねて、はいそうですと答えてくれる気もしない。

ぐるぐる迷っている間に時計の針はどんどん進んでいく。

橋澤さんのまなざしは、やさしいけれども、鋭くもあった。

そのまなざしに、私は自分の不甲斐なさをすべて見透かされているような気がして、言葉に詰まる。そうこうしているうちに、時間はたちまち過ぎて、冷ややかな声がかけられた。

「残り十五秒ほどです。長い口上や巧みなお話を準備して来られる方は多いのですが、短くなるとだいたい尻尾を出されると言いますか、率直なところだけが出るんですね。あと五秒です。なにも言えないようでしたらお引き取りを」

「あ、あの！　ナスはお好きですか！」

ようやく絞り出せたのは、そのひとことだけだった。

橋澤さんは、なにか珍しい生き物でも見るように私を見て、大声で笑い出した。

「好きです。ナスは、大好きです。そういうご質問は、まったく想定外でした。面白い。お話を伺いましょう」

私は、大きく息を吸って、気持ちを落ち着ける。

「昔……ナスが好きだという方にお力を借りて、心が躍る店をつくる、とお約束したのです。だけど私はそのお約束を守れなくて。守ることもできたはずなんですが、私はその手を自分から放してしまいました」

「そうでしたか。ご自分で決められたことが、ご自分の人生で背負うものだったのだと思いますよ。そのナス好きの方も、気にしておられないのでは」

お互いを探り合うような視線がからみ合う。

やはり、このひとが、翁なのだろうか。

「人生相談にいらしたわけではないのでしょう？」

腕を組み、こちらを射貫くような視線に、怯みそうになる。

橋澤さんは、私をしばらく眺めて、あごをぐっと引いた。

「お店を再建されるための出資をご所望ということですか？　あるいは客席空間の家具のお取引をお望みで？」

「いえ、いえ、そういうことではないんです。私は、約束を守りに来たんです」

「はて。お約束はご自身で反故にされたのではなかったですか」

「奥さまとのお約束です」

橋澤さんは小さくため息をついた。

「おひと違いでしょう。私には妻はおりませんので」

橋澤さんが、腰を浮かそうとする。

ああ、行ってしまう、と思った瞬間、私は一番大事なことを伝えていないと気づいた。ポケットから、封筒を取り出して、中の便箋を引っ張り出した。

橋澤さんの瞳がゆれた気がした。

「これは、私のお守りなんです。恩人からのお手紙で、心のこもったお言葉が書いてありました。不運なことに水害で文字は流れて消えてしまって、心が凍ったように動かなくなってしまいました。ですが先日、お客さまと話していて、気づいたのです。文字は消えてしまっても、いただいたあたたかさは、なにも変わらずにここに残っているんだと。一番辛かった時にマダム・ウイが、この箱を携えて来てくれた、その想いも」

キャリーケースを開き、風呂敷包みごと、コーヒーテーブルに漆の箱を載せる。包みをほどき、桐箱の中から漆黒の箱を取り出すと、橋澤さんのまなざしがそこに吸い付いた。

「あなたが、翁ですね？」

橋澤翁は、否定も肯定もしなかった。心なしか、その瞳が、潤んでいるように見えた。

「あなたにこの箱をお返しに来ました。マダムとお約束したのです。もしもマダムが天に召された時に、この箱がまだ私の手元にあったら、翁に届けてほしいと」

「羽衣が……？　あなたはそれをずっと持っていたのですか、売ろうとも思わずに？　羽衣はおそらくそのつもりで、お届けしたのだと思いますよ」

「幸運へ導く箱だと伺いました。本当でした。中になにか特別なものが入っていると思っていたんです。だけど、からっぽでした。私の好きなものをここにたくさん溜めなさい、というメッセージだと思いました。それにあなたに会うまでが、たぶんマダムからの最後の贈り物でした」

「私に？」

「最後のものにうまいもの、ですよ。マダムの一番すばらしい贈り物は、この箱ではなくて、これを届けることだったんです。あなたを捜そうとしてたくさんの出逢いに恵まれました。あなたから支援を受けたかぐやびとはもちろん、あちこちのおいしいもの、店にいらした多くのお客さまたちとも。私の『好き』がたくさん増えましたし、私の『好き』を届けることもできました。おかげで、憂き世を乗り越える、世界で一番おいしい料理、ずっとつくりたいと思い描いていた料理も、形にできました」

橋澤翁の目が見開かれた。

「世界一おいしい料理、ですか？」

「心が満ち、お腹も満ちたら、それは世界で一番おいしい料理だと思うんです。すばらしい芸術と、おいしい料理があれば、憂き世を乗り越えていくことができると思うんですよ。よかったら、召しあがっていただけませんか」

＊

橋澤翁のゆるしを得て、私と颯真は、橋澤邸の広い庭に、パリの空の色と石造りの街並みの色のサーカステントを張った。竹林のやわらかな緑に、テントの色がよく映えた。

橋澤翁は、シャンデリアに触れ、キャビネットを開け、ランタンを指でつつき、ヴェルヴェットの椅子をひと撫でして、楕円のテーブルに着いた。颯真のサーヴしたオレンジのフルーツシャンパンをひとくち飲んで、目を細める。

「お待たせいたしました。左上から、ナスと菜の花のタプナードサラダ、ナスのベニエ、タラの芽のフリットとナスのロティ・ブルゴーニュ風、ナスのキャビア風、ポム・スフレ添え、そして、ナスのファルシと、ナスのグラティネでございます。ごゆっくりお楽しみください」

「ナス尽くしとはうれしいですね」

これまでつくってきたナス料理をあれこれ取り揃え、季節に合わせてアレンジを加えて、準備した。料理をしている間、楽しくて仕方がなかった。

料理が好きだ。おいしいものが好きだ。

好きなことに浸る時間はきらきらとして、生きるよろこびとはこのことだと思い出させてくれる。

「お好きなんですね、ナス」

「あなたもお好きでしょう？　そうでなくてはこう味わい深くはならない」

「はい、大好きです。つくるのも食べるのも」

そうでなくては、と橋澤翁は軽やかに笑った。

「ご存じですか、ナスはすべての花に実がつくのですよ。ことを成す、にも通ずる縁起物です。

いつも祈りながら食べています。自分がことを成すことができるように、それに誰もがそれぞれに花を咲かせ、実をつけられるように」

そのまなざしは、私があの手紙から感じたのと同じように、あたたかかった。

「なぜあなたは姿を隠しておられたんです？」

「ご存じでしょうが、私の元の職業は少々気を遣うものでしたから、いらぬ誤解を生まぬようにしたのです。私たちは他に家族もありません。ご先祖が家具や漆器を商って遺してくれたものを少しでもよい形で使おうと、家屋敷と身のまわりのもの以外は羽衣に管理を任せ、私は口だけを出していたのですよ」

「支援する人物を決めるのがあなたで、他はマダムが？」

「ええ。ただ私にも利はありました。かつての仕事はひとを見る目が大切でしたから。それを涵養《かんよう》するためにも、一分野にひとり、これぞという方を見込んでお声がけしました。その方が活躍されれば私の見る目が間違っていない証ですから。それに、単純な話、好きな方がかがやいている姿を見るのは楽しいでしょう？　そのささやかな手伝いができるのはうれしいではありませんか。音楽会や舞台公演に出かけたり、グッズを買ったりするのと同じです。私にできるのは小さなことですが、そうやってかがやきを放つひとたちが、世を少しでも明るく照らしてくれると信じていますから」

そのかがやきが、私たちの心を震わせる。好きなものを介して互いに気持ちを結び合わせていく。そのよろこびに、つくり手も、受け取り手も、いのちをきらめかせる。

橋澤翁はコート・デュ・ローヌの白ワインをゆっくり口に含んだ。

私はできうる限りの感謝と敬意を込めて、スペシャリテをつくった。

「本日のスペシャリテは、ミューズのアミティエ。女神の友情、という意味を込めました。お料理は、コルドン・ブルーでございます」

鶏肉にハムとチーズを挟み、パン粉をつけて揚げる料理で、フランスでは学校給食でも惣菜屋でも頻繁に見かけ、子どもから大人まで幅広く人気がある。直訳すると青い紐のことらしいけれど、腕のいい料理人という意味で使われることが多く、著名な料理学校の名にもなっている。そしてなにより、マダムの好物でもあった。

ナイフで切ると、チーズがとろりと流れ出す。

橋澤翁は、軽口の赤いピノ・ノワールを片手に、何度も頷くようにして、味わっていた。

「ここにマダム・ウイがいらしてくれたらいいのに」

「あれは天に帰ってしまいましたからね。仕方ありません、家具屋の娘、正真正銘のかぐや姫ですから。今にして思えば、最初のかぐやびとは、羽衣だったかもしれませんね。ひとをつなぐ才がありました」

「マダム・ウイは、奥さまではないのですか？」

「羽衣は、妹です。マダムとは、なにも既婚女性に限らず、大人の女性に対する尊称でもありますからね」

颯真と私は、顔を見合わせた。

「もう翁としての支援はなさらないのですか？」

「ええ。最後に、私自身の好きなことに向き合おうと思いまして、ご先祖の商いの真似事をね。それに目を養うためとはいえ、みなさんに出逢って『好き』の範囲がずいぶんと広がりまして、観客としてあちこち出向くのも、なかなか忙しい」

橋澤翁の穏やかな笑みは、マダムによく似ていた。

「あなたに逢いたい、お礼を言いたいと思っているかぐやびとも、たくさんいますよ」

「それは、天の采配にお任せしましょう。お気持ちはありがたいが、私自身が見たい未来を見せてもらったのです、十分しあわせです。それに自分の見る目を思うと、鼻も高いですよ」

彼が見つめている、好きなものにあふれた世界は、きっとあたたかさで満ちているだろう。

私は橋澤翁にずっと気になっていたことをたずねた。

「あの漆の箱、もしかしたら昔のお弁当箱ではありませんか？」

「ほう？　わかりましたか？」

橋澤翁は、楽しげに片方の眉を吊りあげる。

「重箱みたいだから。中はからっぽですけど、いくつかの段に分かれて取り出せるようになっていました。昔のひとも気持ちのよい外のどこかへ、食事に出かけていたんですね。特別な機会を自らつくり出して、日々を乗り越える糧にしてきたのかと思うと、私も、もう一度、店をやるなら、そういう心の躍る店がいいと思ったんです」

「それで旅するビストロを？　簡単なことではないでしょうに」

隣で颯真が、首が千切れそうなくらい、頷いている。

橋澤翁は、時間をかけて一杯を飲み干した。

「場所も時間も超えるのは、ひとの想いです。文化や芸術に結晶した誰かの想いを、ひとは感じ取ることができます。時に共鳴して、なにかを得たり、自らの道を見つめ直したりする。そうしてそれぞれの人生の旅路を歩いていくのでしょうな。たとえ孤独に苛まれる時でも、文化や芸術に満ちるひとの想いは、寄り添ってくれる。ひとりではなくなる」

「ええ。憂いという字にひとが加わると、優しい、になりますしね」

そうして心を震わせたひとの想いは、次の世代へ受け継がれ、新たな文化や芸術を生み、国や民族、時代を超えて、ひとからひとへ手渡されていく。

贈り物のように。

見渡してみれば、私たちの世界は、そんな贈り物であふれているのかもしれない。

そしてまた私も、いつか遠くの誰かに想いを手渡すひとりとして、かつてどこかで心を震わせた誰かと同じように、今この場所で、心を震わせているのだ。


翁に、次はタルトタタンをつくりに来ると約束して、私たちはキッチンカーの前に佇んだ。

「次はどこに行こう？」

「どこから行くかな」

颯真がメモ帳を取り出して、この先の予定を読みあげる。

「マルシェのあった大通り広場で結婚式のガーデンパーティのご依頼がある。それから、ミュージカルカンパニーの大千秋楽の打ちあげに、地方の劇場近くに来られないかと相談もあるぞ。だいぶ先だが能舞台の前で金婚式のお祝いをしたいというご要望も届いた。楡原館長から頼まれた美術展レセプションのケータリングも控えてる。植芝さんからはまた丘の上の演劇祭に出店してほしいと言ってもらってるし」

「山科さんも、また一緒に遊ぼう、って言ってくれてたよ」

「スケジュールと効率のいいルートを考えないとな」

「忙しくなるね」

「あ！　もうひとつ。前に菅江牧場で出産に立ち会ったの覚えてるか？　あのときの仔牛のミルクでチーズをつくったって、穂波さんから連絡が」

「よし。次はそこにしよう」


世界は「好き」で広がっていく。

ひとは、誰でも心の中に、特別な箱を持っている。

からっぽのその箱に、いくつもの「好き」を溜め込んで、自分の世界をつくることができる。

自分という器に溜まった「好き」は、いつか力になり、自分を内側からかがやかせる光になる。

どうにもならないことに出くわしても、時間は途切れずに明日につながる。その容赦なさを受け容れることしかできない私たちは、夜を過ごし、朝を迎える。

だけど「好き」だらけの世界なら、明日を見つめるのは、きっとこわくない。

心の内の光に照らされて、この世界には、すてきなものだってあふれてると信じられるから。

その時憂き世は、うつくしき世にも見えるはず。

私たちは、キッチンカーと、トラックにそれぞれ分かれて、エンジンをかけた。

どこまでも続く春の野原に、生えたばかりのつくしがいくつも陽に照らされて、ゆらゆらとゆれていた。

◆主要参考文献◆

『アーサー・ミラーⅢ　みんな我が子　橋からのながめ』アーサー・ミラー／倉橋健訳／早川書房
『シェイクスピア全集４　夏の夜の夢・間違いの喜劇』シェイクスピア／松岡和子訳／筑摩書房
『シェイクスピア全集15　お気に召すまま』シェイクスピア／松岡和子訳／筑摩書房
『フランス語ことわざ辞典』渡辺高明　田中貞夫　共編／白水社
『料理通信』２０１３年2月号
『辻静雄ライブラリー2　うまいもの事典』辻静雄／復刊ドットコム
『パリっ子の食卓　フランスのふつうの家庭料理のレシピノート』佐藤真／河出書房新社
『スーパーの食材でフランス家庭料理をつくる　三國シェフのベスト・レシピ１３６　永久保存版』
三國清三／ＫＡＤＯＫＡＷＡ
『舞台監督読本　舞台はこうしてつくられる』舞台監督研究室 編・著／四海書房
『能はこんなに面白い！』内田樹・観世清和／小学館
『私の履歴書　経済人26』日本経済新聞社

執筆にあたり、Bunkamuraのご担当のみなさまにご協力を賜り、貴重なお話を聞かせていただきました。ありがとうございました。

本書は「Bunkamura ドゥマゴ文学賞」WEBサイトにて2021年10月〜2023年2月まで連載されていた『うつくしき一皿』を加筆修正いたしました。「ビストロの朝食　〜おいしいパンとよい酒があれば〜」「ギャルソンの昼食　〜クスクスの中でペダルを漕ぐ〜」「シェフの夕食　〜ニンジンは煮えてしまった〜」「ビストロのデザート　〜最後のものにうまいもの〜」は書き下ろしです。

冬森灯（ふゆもり・とも）
第1回おいしい文学賞にて最終候補。
『縁結びカツサンド』にてデビュー。著書
に『うしろむき夕食店』など

Le bistro plein d'amour
すきだらけのビストロ
うつくしき一皿

2023年3月13日　第1刷発行

著　者　冬森灯

発行者　千葉 均
編　集　森 潤也
発行所　株式会社ポプラ社
〒102-8519 東京都千代田区麹町4-2-6
一般書ホームページ www.webasta.jp
組版·校閲　株式会社鷗来堂
印刷·製本　中央精版印刷株式会社

N. D. C. 913 287p 19cm ISBN978-4-591-17746-4

P8008421